暮光下的黑寡婦——
Novel 帝柳 Illust GUNNI
勾魂筆記本
If you choose to forget it,
you would remember it someday.
Listen! It's the stroke of 01:00.

✎方世傑

柳阿一的責任編輯，蚩壬出版社眾鬼使神差之一。被柳阿一稱作「阿大」。是個完美主義者、工作狂，對柳阿一相當嚴厲。他是無鬼神論者，卻有嚴重的靈異體質。

✎柳阿一

驚悚小說作者，卻是個拖稿大王。對外是風流成性，舉手投足都是自我感覺良好的明星架式，可一旦對上兩位編輯，就變成像小鹿斑比的小媳婦樣，不時被虐的可憐蟲。不知為何失蹤一年，歸來後卻喪失這段時間的所有記憶，身邊還帶著一本名為「勾魂冊」的冊子。

沈莉

十八歲，正值青春年華的含羞少女，父親沈達是遠山休閒農場的負責人。中英混血兒，外貌相當漂亮，為人溫和有禮。

伯汀

蜘蛛，沈達求來的、送給沈莉的寵物。

殷宇

蚩壬出版社的新進員工，方世傑的助理；在這之前，他曾是刑警中的科學鑑識組一員。他行事低調，講求效率，是平緩柳阿一和方世傑之間衝突的和事佬，但一開口就是一針見血的超強殺傷力。他對於「好兄弟」相關的事情極度有興趣。

神父

巴特菲萊教堂的神父，西方人士。外貌俊美，帶著陰鬱氣質，不論男女都會為之心動。興趣是看蝴蝶蝶翼分離。與修女卑以亞一起，似乎在收集著什麼……

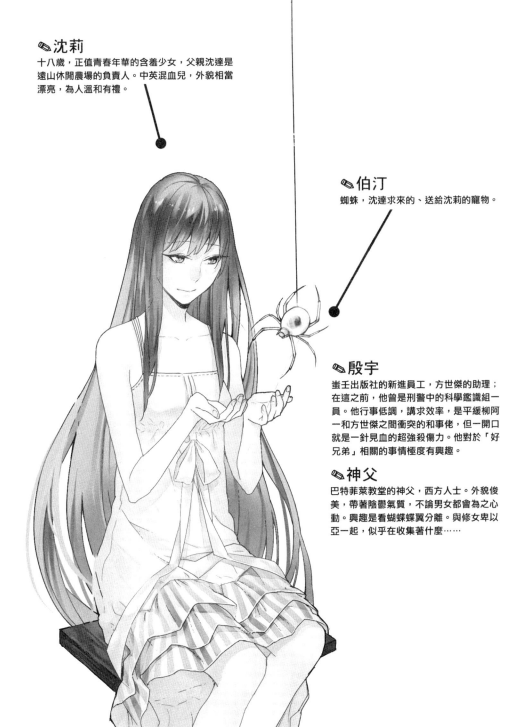

INDEX

楔子

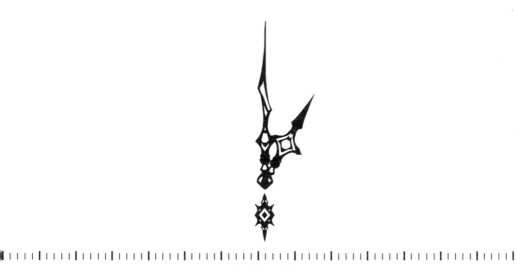

那是一座風格簡樸的教堂。

木牆上漆著潔白的顏色，黑褐色的屋頂上矗立著一道十字架，與蔚藍的天空彼此相襯，環繞周圍的草地綠意盎然，但視線再放遠一點，卻是一片充滿死亡氣息的墓園，教堂在墳墓的包圍下顯得格格不入。

「請問……這裡就是巴特菲萊教堂嗎？」

一道身影佇立在前，他摘下帽子，有些遲疑的詢問面前的修女。

「是的，神父已等候你許久。」

修女沒有回頭看向門口的人，她正忙著捕捉空中飛舞的蝴蝶，纖細的手往前一抓，一隻鳳蝶便困在合起的掌心中。

修女帶訪客進入教堂，站在神壇前的人影緩緩回過身。

「歡迎，我是巴特菲萊的神父。」

映入訪客眼簾的，是名年輕俊美的神父。

他的臉色蒼白，冷峻的五官中藏著一抹陰鬱，有著格外紅潤的薄唇和披肩長髮，一身素黑色的衣袍看起來多了點禁欲色彩。他的容貌之美，是不分男女都會為之心動，尤以他嘴角微微挑起的淺笑，那一剎幾乎讓人屏息忘我。

「神父啊，我來這裡是要……」

「我知道。」

對方的話未完，神父已然會心一笑。神父從冊子上撕下一頁，將鋼筆遞給了有些猶豫的訪客。

「在這張紙上簽名吧——要是你想達成心願的話。」

懸在神父脣角上的微笑從未改變，在旁的修女只是靜靜的注視著一切。

內心掙扎了一下，訪客最後還是簽下了名字。

落款完成，修女提出了一只深灰色的鐵籠，裡頭囚禁著方才所捕獲的鳳蝶，她將手伸進鐵籠中，兩指夾住了不停拍翅掙扎的鳳蝶，另一手則從口袋中取出一根大頭針。

毫不猶豫，針頭便刺穿了鳳蝶的軀幹。

再也無法振翅飛翔的蝴蝶，就這麼牢牢釘在簽有署名的書頁上，薄弱的翅膀垂死顫動……

I

我回來了！

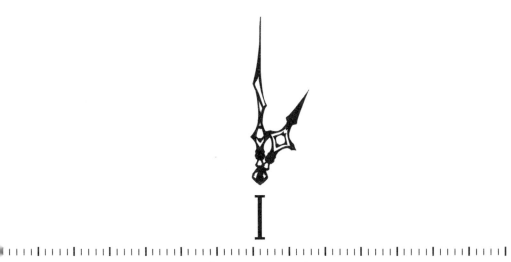

面對亂得一塌糊塗的房間，柳阿一一時理不出頭緒。

從厚到可當棉被蓋的灰塵來看，即使是反抗心很強的柳阿一也不得不相信——自己失蹤近一年的事實。

說起來真讓他汗顏，關於自己的失蹤，他還是聽別人說了才知道，自己是在某天莫名其妙的消失後，就此音訊全無將近一年的時間。

實際上，柳阿一只知當他有意識的時候，就發現自己躺在一棟大樓的入口前……其他的，什麼也記不得了。

現在想想，好在自己身上的衣服都還在、醒來的時候不是裸體狀態，不然他真懷疑自己搞不好是個暴露狂……要不然更慘的就是菊花的貞操不保之類。

當他為此稍稍慶幸之餘，叮咚一聲，門鈴響了。

柳阿一先挑了挑眉，心想怎會有人在這時找上門？

無論如何，他還是擺出一張自認迷人的笑臉前去應門。

「把你噁心的笑容收起來，看了就倒胃。」

柳阿一的責任編輯，方世傑，板著一張對主人表示極其厭惡的臉出現在門前。

與柳阿一雅痞的臉蛋和打扮不同，方世傑正經八百的西裝頭和筆挺西裝，以及那眉梢上略顯疲憊的神情，表示他剛從出版社下班。

「切，怎麼會是你啊？」咋舌一聲，柳阿一不以為然的看著前方的男人，早知就當作沒聽到門鈴聲、別開門了，他很認真的這麼想。

「哼，你以為我愛來啊？還不是老闆為了省郵票錢，才命令我將讀者寄來公司的信拿給你。」方世傑皺著眉頭，一臉不屑的直直瞪著柳阿一，他心想這年頭公司什麼都要省，連張郵票錢都要斤斤計較，員工就只得編輯身兼郵差的分。

「也是，你就住在我家隔壁，老大當然叫你充當免費郵差了……等等，你說有讀者寄信給我？」

「嗯，昨天才收到的。失蹤一整年都沒人問你死活，一回來，這封信便出現在公司信箱裡，簡直像是算好時間一樣。」

方世傑拿起手中的信件，遞給面前的柳阿一。

不過認真說起來，方世傑大概是第一個和柳阿一恢復聯絡的人，為了工作，他非這麼做不可；而柳阿一便是從他那邊得知自己失蹤的事……就某種層面上來說，方世傑真的不想和這男人聯絡上，想到此人過去的種種事蹟，他就不免要胃痛起來。

「真感動，想不到最關心我的竟然是讀者……我的鐵漢柔情又萌發了。」柳阿一接過對方手中的信件，忘我的抬手刮了刮下巴。哎呦這觸感有點刺，下巴的鬍渣記得要刮一下。

「少在那邊演戲。是說，我還有個東西要拿還給你。」方世傑將手提的公事包打開，邊拿出物品邊道：「這個，你留在出版社沒帶走的垃圾。」

方世傑口中的垃圾不是別的，正是一本綠色小冊子，上頭清清楚楚的標著「勾魂冊」斗大三字，字體還有些歪歪斜斜的，看起來的確很有柳阿一寫字的風格。

「小冊子？」

只是看著那像是筆記本的東西，柳阿一反倒疑惑了。

奇怪，他不記得這是自己的東西啊，就算上頭的字很醜、很像自己題上去的……不對，他柳阿一的字哪醜了！不可以這樣貶低自己啊柳阿一！

再說，「勾魂冊」這三字……

無論怎麼看，都顯得詭異吧？

他會平白無故寫下這種詭譎的標題嗎？又不是在幫自己的小說命名。

「你還不收下嗎？希望我把它扔到你臉上？」

方世傑冷冷的瞪了柳阿一一眼，要他一直拿著柳阿一這種人的東西，無疑是讓附在上頭的髒東西繼續侵襲自己的手指，回去之後絕對要讓這雙手浸泡在醫療用消毒水中一小時才行。

「哎呀，我忽然覺得這本冊子跟我真有緣呢。」

趁方世傑一個沒注意，柳阿一馬上將冊子拿了回去，再怎麼說，他這張俊臉可是傷不得的。

「既然你都來了，身為責任編輯的你，就和我一起分享讀者的來信如何？」比起探究那本冊子，柳阿一現在更想知道信件的內容。

「那就快把它拆了，我的時間很寶貴。」雖然是答應了柳阿一的要求，方世傑仍是一臉的不耐煩。

只見柳阿一拆開了信，開始朗誦：「柳阿一先生您好，我是遠山休閒農場的負責人，沈達。小女一直是您的忠實讀者，蒐集您過去所出版的每一套驚悚小說。方便的話，可否邀請您至敝農場參觀數天，食宿方面由敝人提供招待，以達成小女一睹您風采的願望……喔，看來是張邀請函呢！」

柳阿一唸完信件內容後，得意的又抬手刮了刮下巴，刺刺的感覺再次提醒自己等會一定要刮鬍子。

「怎麼可能？拿來我看。」

方世傑直接從對方手裡搶來信件，一對黑白分明的俊秀雙眼快速的掃過內容。

「還真是邀請函……」

有些意外的方世傑扇了扇纖長睫扇，在旁的柳阿一則滿臉得意，一副「怎樣你信了吧！哥我就是如此有魅力」的表情。

「呵，就說是邀請函嘛。嗯，不知道這農場主人的女兒生得怎樣……最好是個亭亭玉立的小美人。」柳阿一說著說著，腦袋也開始掀起翩翩幻想。

「用不著煩惱這種問題！」方世傑斷然奪走柳阿一手裡的住宿券，「你欠我的稿子已經如山一樣高，我要你待在家裡好好寫稿。」

「什麼？怎麼可以這樣啊！阿大你別孩子氣了，快把住宿券還給我！」

「你才是三歲小孩聽不懂我的話嗎?我要你給我乖、乖、寫、稿!」

兩個大男人就這樣你爭我奪，用力的拉扯之下突然間發出「碰」的一聲，暫停了兩人的戰爭。

兩人低頭一看，眼熟的綠色小冊子就這麼掉在地上，這時柳阿一心想好險不是心愛的住宿券被撕破，否則就悲劇了。

斗大且森然的「勾魂冊」三字，以一種過分醒目的鮮明映在兩人眼中。顯然是剛才拉扯搖晃的太大力，冊子才從柳阿一的襯衫口袋中掉出。

維持了片刻的沉默，直到方世傑出聲打破這樣的局面。

「你還看什麼?是不會把你的東西撿起來嗎?」

「就只會命令人。」

其實，柳阿一一見到「勾魂冊」三字就有些不安，他假裝若無其事的將地上的冊子撿起來。

「這東西真是莫名其妙……嗯?」

柳阿一撿起冊子後，無意間翻開封皮看見裡頭的內頁，他頓時一怔，露出遲疑的神色，問道：「這本冊子裡頭……怎麼寫了一段這麼奇怪的內容啊？」

「你在胡說些什麼？」

不明就裡的方世傑接過冊子，翻開內頁一看，泛黃的書頁上確確實實寫了一段文字。

這下子，換方世傑當場愣住。像是想到了什麼，他道：「奇怪……昨天晚上，我看這本冊子裡頭明明還是一片空白啊。」

「會不會是你記錯了？還是看錯？」柳阿一挑了挑眉毛，他並不覺得這有什麼好大驚小怪，他家編輯終於也到年事已高得老花的地步啦，真的用不著可恥，只要肯坦白直說就絕對不會笑他……噗嗤！

反觀方世傑堅定的搖了搖頭，「不，我不會看錯的，昨晚翻閱這本冊子的時候，連一個字都沒有。」

「什、什麼？那、那阿大你的意思是說……這本書會自動寫上文字？」越想越奇怪，越想越膽寒，柳阿一不禁嚥下一口苦澀的唾液。

「你以為這是你寫的小說情節嗎？怎麼可能會有這種事。我看，八成是在我翻閱之後，公司裡的什麼人拿來書寫罷了。比起這件事，我看你還是趕快到醫院檢查有沒有失憶，不要再想什麼歡樂的農場之旅了。」

方世傑相當不以為然，隨手就將住宿券夾在指中，轉身要走。

「等、等等！我答應你不會接受這封信的邀約，但能不能把住宿券留給我做紀念？」一見到住宿券要被方世傑贓走，柳阿一趕緊雙掌合十、拜求對方把住宿券留下，好像眼前這尊是哪來的大神一樣。

「你真的不會去？」方世傑回過頭來，用著懷疑的目光審視著柳阿一。

「我絕對不會去，我發誓！否則我就遭天打雷劈，永世交不到女朋友！」柳阿一趕緊將手掌立在耳旁，鄭重的向方世傑立下毒誓。

「呼……」

冷哼一聲，方世傑這才將住宿券重重的放在桌子上，揚長離去。

眼見方世傑終於消失在自己的視線中，柳阿一這才鬆了一口氣，讓自己的背放鬆的倚著門面。

「要是發誓有用的話，我早就不知道被雷劈多少次了。」

緊緊握著手中的住宿券，柳阿一的嘴角微挑，只是當他的目光無意間掃過那本勾魂冊……心中彷彿又有顆沉甸甸的大石壓著。

△▽　△▽　△▽　△▽　△▽

剛下車的柳阿一肩揹行李，一手拿著遠山農場主人寄給他的邀請函，上頭的印刷字體還是燙金的，他越想越覺得自己受到了相當高的禮遇。

「呼，終於到了。」

柳阿一的語氣中雖然帶點疲累，但卻有著更多的興奮與期待。當然，其中一點是對於農場主人女兒的幻想。

他的打扮看上去就像是個十八歲出頭的年輕小夥子——一身休閒的POLO衫以及合身的卡其褲打扮，鼻梁上還掛著雷朋墨鏡的柳阿一眺望著前方，遠山農場的整片風光都盡收眼底。

遠山農場比他想像中來得大，一片綠油油的青青草地上座落著幾間農舍，旁邊是一圈圈的柵欄與零零落落的家畜，空氣裡是一陣陣撲鼻的草味，以及有些濕潤的泥土味，看來昨天這裡才剛下過一場雨，彷彿是特意為了他的到來，洗刷了塵埃換取清新的氣息。

懷著大好心情的柳阿一邁步向前，來到農場的接待處。

「歡迎光臨。」

一進門，在柳阿一耳畔響起的是清脆悅耳的女聲，站在前方櫃檯的女服務員，正用無比親切明亮的笑容迎接柳阿一。

「妳好，我是受農場主人邀請而來的柳先生，這是你們老闆給我的住宿券。」

簡直比風速還快，立刻擺出帥氣笑容的柳阿一，對著櫃檯小姐拿出邀請函。

「啊，原來是柳先生，歡迎您的大駕光臨，我想老闆和小姐一定很高興您的到來。」

櫃檯小姐笑容滿面的收下住宿券，拿出一把房門鑰匙遞給柳阿一。「這是您的房間鑰匙，若有任何需要，都可打房裡的電話至本櫃檯。」

「呵，那可來電邀妳共進晚餐嗎？」

「真是太可惜了，我晚上還得值班呢。」

櫃檯小姐馬上抽回手，臉上維持著職業笑容，另一手指著正坐在沙發上、被報紙遮住上半身的客人。

「我想以柳先生如此好客的個性，不妨邀約正在看報紙的那位先生。那位先生可是指定要住您的隔壁房，說不定也和小姐一樣是您的忠實書迷呢。」

「我沒事邀請一個男人共進晚餐幹什麼……啊，我是說好巧啊，原來這裡的客人也是我書迷。」

柳阿一先是癟了癟嘴，隨後趕緊對櫃檯小姐補上一抹笑。

真可惜，如果是風姿綽約的美麗女性，他柳阿一絕對不介意對方飛蛾撲火……不過，這傢伙好歹是花錢買他書的衣食父母，他去和對方打個招呼應該也就夠了。

「這位先生，你應該是我隔壁房的鄰居吧？」

柳阿一主動上前和對方攀談。對他來說，這真是難得的行為，因為他鮮少主動勾搭雄性說話。

原以為會得到對方熱烈的目光和歡迎，想不到，對方不拿開報紙就算了，連出聲回應都沒有，讓柳阿一大感意外的瞪大了眼睛。

「先生，我做人其實很低調的。不過呢，我就是你夢寐以求想見的作者柳阿一，現在跟我要簽名還來得及。」

被無視的柳阿一抬手抹了抹臉，索性挑明自己的來頭，即使對方是討人厭的男人，自己主動搭話卻換來無視，仍舊很打擊人啊！

也許是出現成效，對方終於把手中的報紙放下，面無表情的回看柳阿一一眼。

「是，那又如何？」

有著一對狐狸眼、戴著細框眼鏡的男人，臉上看不出情緒起伏的變化，就連語調也不帶任何一絲情感，冷漠的讓人以為冬天已至。

「什、什麼叫那又如何？」

對方漠然的態度，著實使柳阿一受到更強烈的打擊。

這人怎麼這麼奇怪啊？指定住他隔壁房，應該是狂熱的讀者，怎會在偉大的作者前擺出狗屎般的臉色！

柳阿一尷尬之際，一道悅耳的聲音打破了僵局。

「柳先生，老闆邀請您到辦公室一趟。請跟我來吧，讓我帶您前往。」

剛掛下電話的櫃檯小姐，微笑的對著柳阿一說道。柳阿一就是喜歡她笑起來也會跟著微微彎起的眼睛。

「喔，那真是太好了，麻煩美麗的小姐引路了。」

面對櫃檯小姐時，柳阿一馬上堆起笑容，臨走前輕蔑的瞥了沙發上的男人一眼。但對方根本不理會柳阿一的眼神挑釁，只是一臉自若的將報紙翻頁。

柳阿一暗暗想著，要是讓他知道這傢伙的名字，非得把他寫進小說裡當受害人！

跟著櫃檯小姐走了一段路後，笑容和藹的她在一扇木雕門前停住腳步，回過身來對著柳阿一點頭笑道：「就是這裡了，老闆和小姐都在裡面等您了。」

櫃檯小姐替柳阿一推開門扉，自己則往後退了一步。

柳阿一一入內，眼前豪華大氣的裝潢讓他大為驚嘆，同時也嗅到陣陣茶香朝他飄來。

「柳先生，很感謝您願意光臨我們遠山農場，我還以為您不來了呢。」

率先出聲的是遠山農場的負責人，沈達。

「如此盛情邀約怎能不來呢？在此，非常感謝沈先生的招待。」

在柳阿一的眼中，這名看來相當爽朗的中年男人，正一邊著手煮茶的工作，在他的右手邊，則坐著一名年約十八歲出頭、正值青春年華的含羞少女，柳阿一的視線當然直直的落在少女身上了。

「這位是我女兒，沈莉。」

八字鬍被沈達微微上揚的嘴角牽動，他看起來像是很驕傲介紹自己的女兒，而沈莉也確實有著一張值得炫耀的美貌。

沈莉有些羞澀的點個頭，碧藍明眸輕輕一眨，纖長而濃密的睫毛像是一把扇子。

「令嬡是混血兒吧？五官真是深邃呢。」

表面上維持鎮定的柳阿一，心想這下賺到了。

終於啊終於，他柳阿一終於見著幾天以來幻想的農場主人女兒了！而且還是個混血小美人！不枉費他冒著被編輯追殺的生命危險來此一趟了！

「哈哈，因為媽媽是英國人，所以我們家的女兒就遺傳到母親的美貌了。沈莉，終於見到妳所崇拜的作家，不趁機聊一下嗎？」

沈達也不避嫌的讚揚自己的女兒，寵溺的眼神眷顧在沈莉身上，任誰都看得出來他非常疼愛這位寶貝女兒，好像天塌下來也會為她頂著。

「爸、爸爸！」

似乎相當害羞的沈莉整張臉都紅了起來，頭垂得更低了，嬌羞的拉了拉沈達的衣角。

「哈哈，我女兒就是這麼害羞呢。來，柳先生喝杯茶吧！」

沈達將沏好的茶，禮貌的遞到柳阿一手裡。

「那就謝謝沈先生了。」

柳阿一將茶杯舉至鼻前，品聞茶香，餘光則悄然落在沈莉身上。

穿著一襲鵝黃色滾蕾絲邊洋裝的沈莉雙腿緊緊合攏，雙手似乎有些緊繃的交疊在膝蓋上，微微低著頭的她目光若有所思，卻又不時抬起頭來、偷瞄著柳阿一，粉色的唇幾度微啟又閉上。

從柳阿一的角度看來，沈莉這舉動無非是有話要對他說，不過他比較傾向認為這是在對他眉目傳情。

但在沈達面前，柳阿一只能佯裝作不在意，繼續和這位農場主人談天說地。

要是讓沈達知曉他有不良……更正，是過於欣賞的意思，說不定為人父者會對他豎起敵意呢。

直到談話結束，柳阿一都無法忘卻沈莉那張似乎欲言又止的異樣神情。

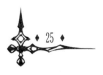

……唔，還是要當那是眉目傳情呢？

柳阿一那疑似開發不多的腦袋正糾結著這點事，要是他家編輯在此，肯定會先來一記制裁的鐵拳吧！所幸我們的柳阿一逃過了一劫，真是可喜可賀、可喜可賀。

II

夢境抑或現實

在他朦朧的視線之中，那道身影提著一只蓋著黑布的籠子，在月黑風高、樹影婆娑的夜晚中，踏著沉重的腳步往前走。每走一步，被那身影踩過的樹葉便發出沙沙聲響，好似想對他訴說什麼難言之隱。

他看不清楚對方的臉孔，在他眼中的一切是那麼的模糊。

反倒是嗅覺——

比起彷彿蒙上一層霧的雙眼，他非常清楚的聞到了，來自周遭的青草刺鼻味、大雨過後的潮濕泥土味，以及一陣不知來自何處的惡臭腥騷味。

最後，他看著對方取出一把鑰匙。

「喀擦。」

應聲，門扉伴隨著老舊的木頭摩擦聲，緩緩開啟……

臉色蒼白、毫無血色的紅衣少女，無預警的現身在木門之後。

提著籠子的身影似乎嚇了一跳，略微胖碩的身軀明顯往後一退。

「把它，還我……把它，還我……」

伸出了瘦骨嶙峋的手，少女啞著嗓音、搖搖晃晃的往門前一踏。

同時，被黑布所覆蓋的籠子內，傳出了彷彿有什麼東西正使力撞擊的聲音……

△▽　△▽　△▽　△▽　△▽

夜深人靜，坐在書桌前的柳阿一忽然驚醒，一身的冷汗。

他擦了擦額前的汗水……以及滴在筆電鍵盤上的口水。他目前仍處於心有餘悸的狀態，心臟還怦咚怦咚的明顯加重力道跳著。

即使明知只是一場夢，但真實得讓他不禁感到毛骨悚然。

尤其是夢境的結尾。

他很想知道，籠子裡究竟藏有什麼東西，如此好奇的程度是他從未有過的，就好像是，那不僅僅是場短暫而虛幻的夢……

而是確確實實的存在！

柳阿一不是不明白現實與夢境的區別，他知道再這樣思索下去也沒用，正想站起身去洗把臉時，視線往筆電旁一瞥，不自覺的拿起擺在旁邊的綠色小冊子。

「勾魂冊……嗎?」

像是講給空氣聽，柳阿一看著那本看似斑駁、老舊又不起眼的小冊子喃喃自語。

直到現在他還是很疑惑，這本名字超級不祥的東西怎會在他身上?

這真的與他失蹤一年有關嗎?

許許多多的問號再次湧上，彷彿有道無形的力量在促使他翻開封面。於是，柳阿一翻開了第一頁。

有些泛黃的紙張上，漆黑的文字確確實實從第一頁、第一行寫起，那是一段寫得有些隨意卻字型優美的中文字，柳阿一的食指從第一個字開始慢慢往下移動。

「他回到那座落於偏遠郊區的家，帶著我所賜予他的禮物，一同回到那充滿牲畜與青草味腥臭的地方……」

讀到一半不禁倒抽一口氣，柳阿一的食指有些顫抖的停在這段文字上，雖然這段文字昨天就已經看過，但是今天這麼仔細一看他才想到——這不是和他方才所夢見的地方很相似嗎?

除此之外，柳阿一更聯想到此時此刻他所身處的遠山農場。

「不、不會的……應該只是巧合而已。別、別想太多啊，柳阿一。」

是的，肯定只是巧合而已吧？

又或者，這段文字所描述的背景，不過是一種描寫農場的通用寫法，放在任何一個農場都行得通……

對，一定是這樣的！

在給自己一個踏實的推論後，柳阿一這才稍稍放下心來。

將冊子合起後，也許是為了改變心境，柳阿一決定出去走一走，便拿起披在椅子上的薄外套，輕便又隨性的踏出房門。

將房門上鎖、準備轉過身的柳阿一，突然間「碰」的一聲撞上另一道身影。

「痛！」

柳阿一摸著被撞疼的鼻梁，抬頭就見到那張有些面熟的臉孔。

「怎麼，撞到鼻子了嗎？」

有著一對微微上勾狐狸眼的男人，面無表情的推了推眼鏡。

「又是你！」

一見到那張臉，柳阿一就滿肚子的火。這人不就是早上坐在沙發上、蹺著二郎腿看報紙理都不理他的傢伙嗎！

被柳阿一直指著鼻頭的男人，卻稀鬆平常的瞥了他一眼，一臉漠然的回道：「有什麼事嗎？若沒有，請別擋在我的面前。」

「你！」

柳阿一氣得牙癢癢，恨不得立刻拿起拖鞋砸向對方，因為在他眼中，除了自己以外的男人都和蟑螂沒兩樣！最好這世界上的男人都死光，如此一來，他就能達成坐擁全世界女人的野望。

「別大呼小叫的，都深夜十二點了，你會讓人以為這裡發生凶殺案。」

狐狸眼男人只是好整以暇的拉了拉衣領，再補上一句「借過」，根本不把柳阿一的怒氣放在眼底，自行離去。

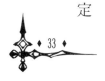

「凶殺案就凶殺案，這種事情我最擅長……寫了啦！」

柳阿一兩眼恨恨的瞪著遠去的身影，雖想逞凶鬥狠，但最後還是講得很心虛。

真是的，這傢伙不是他的忠實讀者嗎？怎麼看到作者大人現身還這麼不以為然？一定是那櫃檯小姐記錯了吧，他柳阿一才沒有這麼不識相的讀者！

氣呼呼的柳阿一獨自來到戶外，深深的吸口氣，讓略微濕潤的泥土味竄入鼻中，掃掉剛才那一切的不愉快。

外頭果然有點冷，柳阿一穿上從房內帶出來的薄外套，漫無目的的走在泥濘草地上，他心想好在沒穿新買的白色球鞋，否則這一趟回去保准成了另一雙土黃色球鞋。

隻身漫步在幾乎沒有燈光的郊野上，柳阿一覺得自己被黑暗大地所包覆，但不至於恐怖，因為夜空的繁星是如此的多，周圍還有都市裡難以見到的螢火蟲環繞，像平易近人的點點星光圍繞著自己，那感覺是無法用筆墨形容的美好，柵欄內熟睡的羊隻牛群也都相依相偎，柳阿一並不覺得這樣的景色有什麼不妥。

這反倒比什麼都來得確切。

一想起自己失蹤了一整年，事後卻什麼也記不得……

柳阿一覺得那才令他感到恐怖。

在來到遠山農場之前，他已照方世傑的話去做腦部檢查，醫師信誓旦旦表示他的腦部並沒有受到創傷，相當正常。

那，為何自己會把事情忘得一乾二淨，連一點點的頭緒都沒有呢？

他也到警察局去問過，過去一年他確實被列為失蹤人口，一整年來沒有任何消息，直到他自己回到這個熟悉的環境……

等等，他為何會下意識的用「回到」這個詞？

難不成他在失蹤的這段期間，真的到了某個地方去嗎？假設如此，他應該會對那個地方留下一些印象啊！

柳阿一抱著頭，絞盡腦汁的想，眼睛和眉毛都擠在一塊了，就是毫無答案。

這時，柳阿一注意到前方不遠處的農舍透出燈光。

這麼晚了，還有人在農舍內工作嗎？

好奇心能殺死一隻貓，想一探究竟的柳阿一朝著農舍走去。

農舍的門扉是關著的，窗口卻透出微弱且鵝黃的燈光，柳阿一猜想：難道是有人離去前忘了關燈嗎？

柳阿一站上擺在旁邊的飼料袋，踮著腳、小心翼翼的透過敞開的氣窗觀看。在他的視線之中，農舍內除了有飼養在兩旁的家畜外，還有一道他似曾相識的身影處在其中。

……是沈莉小姐？

柳阿一有些意外的眨了眨眼睛，確定自己沒有看錯。只是這麼晚了，沈莉一個人在農舍內做些什麼？

穿著一身睡衣的她，不像是來這裡工作的。

越想越好奇的柳阿一，決定繼續觀察下去。

只見沈莉坐在一個木箱上，從身後取出一個透明的盒子，看起來像是在專門養育小動物的飼養箱。她將飼養箱輕柔的放在大腿上，朱唇微微張合，似乎在喃喃自語，但柳阿一並不是聽得很清楚。

沈莉的神情格外溫柔，她十分愛憐的輕撫著飼養箱。箱中到底養了什麼柳阿一也看不太清楚，畢竟他是在站在有些距離的高處偷看。

柳阿一僅看見飼養箱內放著許多葉片，乍看之下是顏色還相當翠綠的葉子，可見是沈莉才剛放進去不久的。

柳阿一真的感到相當困惑，沈莉半夜不睡覺卻跑來農舍，就是為了她腿上的那個飼養箱嗎？

有了這樣的念頭，柳阿一便開始打量起沈莉。從她穿著睡衣、赤著雙腳的模樣來看，八九不離十是偷跑出來的。

在有些昏黃的光線下，以及到處是一片沉寂的狀態中，窺視著沈莉的柳阿一忽然覺得，這樣無比愛憐撫著飼養箱的沈莉……不僅異樣，更有些許的詭譎。

不禁打了個寒顫，他一個分神就失去重心，踉蹌的從飼料袋上摔了下來。

唉喲！

柳阿一趕緊摀住想叫出聲的嘴，但是想必摔落的聲響很明顯，要是被沈莉發現可就不好了！

一想到自己很可能被送到警察局、被少女指著鼻頭抽噎著大罵「變態」的柳阿一，為了自己的清譽著想，趕緊拔腿就跑！

△▽　△▽　△▽　△▽　△▽

「呼、呼呼……」

柳阿一一路衝回自己的住宿地點，還沒到房門前就先受不了的彎下腰、摸著有些疼痛的右腹，氣喘吁吁。

等腹部不再那麼痛，柳阿一拖著精疲力盡的身體走回客房，一站到自己的房門前，他愣住了。

現在是怎麼回事，房門竟然是開著的？

柳阿一看著微微開著的門縫，裡頭鑽出隱隱燈光。和剛才在農舍的立場不同，這是柳阿一的房間，他當然能夠理直氣壯破門而入把裡面的小偷逮個正著。

於是，柳阿一一鼓作氣的踹門而入，門扉「碰」的一聲被甩在牆壁上。

「竊賊！束手就擒吧……咦？」

前一秒氣勢凌人的柳阿一，這一刻傻愣愣的看著前方。

「你回來了？」

「是呀我回來了……不對，你怎麼會在這裡！」

柳阿一從傻掉的狀態中甦醒，第一件事就是對著坐在書桌前、悠悠哉哉用著自己的筆記型電腦的男人質問著。

「當然是開門進來的。」

坐在椅子上的男人穩如泰山，自若的語氣與柳阿一的激動形成鮮明對比。

柳阿一先是抬手抹了抹臉，接著一個猛然抬頭，指著對方的鼻頭大聲問：「哈哈，這位仁兄你在講笑話嗎？你不開門進來難不成是穿牆進來嗎？我是在問你為何在這裡！」

面前的眼鏡男將手伸入口袋，不慌不忙的拿出一把讓柳阿一相當眼熟的鑰匙。

「從你身上拿走房門鑰匙不是什麼難事。」

「什、什麼？我身上的鑰匙什麼時候……！」

柳阿一伸手進自己的口袋一摸，果然空空如也。

「嗯，就在你撞到我的時候，我順便將你的鑰匙摸走了。」

和早上一樣身穿一襲輕便服裝、外罩一件灰色西裝外套的男人，臉上沒有任何表情起伏，又是抬手推了推眼鏡。透明的鏡片折射出一道凜冽光芒。

得知對方有這種高超的扒手技術，柳阿一立刻將此人判定為危險人物。

不過，他的腦海也立即回想起當時的光景，好像真是有那麼一回事，所以說這傢伙根本就是預謀犯罪吧？

可是，這傢伙闖進他房間到底要做什麼？從對方偷看他筆記型電腦的行為看來，不像是要來入室打劫。

……等等！難道是那、樣、嗎？

不是常聽說旅館內有陌生女人爬上男子的床，等男子回來時，躺在床上的女人嬌媚的說：「你要咖啡還是我？」

只是今天的對象換成一個男人罷了……

不！怎麼可以！他柳阿一豈能接受這種事！

「可以借問一下，你到底是想幹嘛啊？我先說清楚，我對投懷送抱的男人一點興趣也沒有！」

「我只對你的稿子有興趣。」男人冷冷的瞥了柳阿一一眼，鏡片下的目光又回到筆電螢幕上。

「喔，我懂了，像你這種狂熱的讀者就只會做一件事，潛入我的電腦好偷看到原稿對吧！」柳阿一雙手環胸，站在門口的他揚了揚下巴。

好家在，這傢伙不是來替他暖床的……

柳阿一好久沒有這種大大鬆口氣的感覺了。

不過，偷看他的原稿也是一種犯罪行為吧！

「你說對一半，我潛入你的電腦確實是要看原稿。」

想不到此人如此直接的坦白罪行，柳阿一很是驚訝且意外。然而此時，男人的手機響了，接著面色泰然的將手機從口袋中取出。

「喂，方編輯，柳先生答應月底給你的稿子，現在連一個字都還沒動。」

「方……方編輯？」

柳阿一的臉色頓時像挫屎一樣難看。

難道電話另一頭的人就是……

「柳先生，有需要和方世傑編輯現在、立刻、馬上談話嗎？」

當對方將手機遞到柳阿一耳邊時，柳阿一整顆心都要停止跳動了，同一時間，他的目光無意間掃到桌上的一張名片——

螢壬出版社助理編輯　殷宇

碰咚一聲，柳阿一悵然頹坐在椅子上，心知接下來的日子難過了。

Ⅲ

少女的秘密

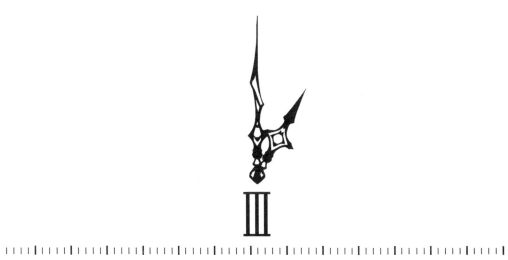

「總覺得，我失蹤回來後變得更衰了……」

一大清早，柳阿一就在詛咒自己的人生；雖然他的人生至此好像無須詛咒便已夠慘了，只是他再一次給自己下了更深的怨念。

他準備起身換裝。像是要應驗他的詛咒一樣，一陣冷風忽然吹入，吹掀開擺在一旁的勾魂冊封面。

一陣風吹起了書頁，並不是柳阿一向來會在意的事。

然而，他今兒個卻注意到了，泛黃的書頁再次映入眼簾，柳阿一的心跳著實漏了一拍。他非常清楚的記得，昨晚見到的勾魂冊上只有一段大約兩行的敘述，可現在，篇幅卻比昨晚看到的多了一小節。

「這……怎麼可能啊？」

柳阿一不禁喃喃自語，猶豫著要不要拿起冊子，好似一旦拿起來觀看，就會自此陷入萬劫不復的深淵。

雖然再也沒有一陣冷風吹來，柳阿一還是覺得空氣變得異常冷冽，甚至有些刺骨，原先窗外還有清晨鳥語，這時卻悄然無聲，世界彷彿陷入一種詭異的沉默。

恐懼、震驚與好奇在柳阿一心中交戰，最後柳阿一被好奇心驅使，戰戰競競的將冊子拿了起來。

首先，第一頁第一行仍是昨夜所見到的字句，沒有改變。

再來，是不知何時被文字占據的第三行，那是柳阿一從未見過的一段敘述。

「人類總喜歡違規，越是禁止的事情，越是會煽動人類的渴求欲，弗洛伊德看你發現的好事。噓，她將破壞我給予的限制，無聲無息的。他是無法阻止的——因為這就是我所要的。」

粗糙的紙張上，同樣十分隨性漂亮的字跡多了一小段。

柳阿一看完了這段「多」出來的敘述後，當下反應就是立即把冊子合上、收進抽屜，甚至是緊緊上鎖。

究竟是怎麼回事？

冊子自己增寫內容？

這、這是新科技新產品嗎？

柳阿一不斷想替自己找一個合理正當的解釋，但他越費盡心思去思考，越間接證實這本冊子是「無人狀態下增字」的現象。

「醒醒、清醒點柳阿一，你快從夢中醒來吧！」

柳阿一只好這般遊說自己，外加給自己幾個響亮的巴掌，要不然他還能怎麼辦？他只是個驚悚小說作家，沒打算成為驚悚小說裡的主角啊！

「柳先生，再慢下去你就沒早餐可吃了，我回來前餐廳部已在收拾了……柳先生？」

殷宇擅自主張的直接推開房門，板著像機器人冷冰的臉出現在柳阿一面前，今天他穿著和昨日差不多的衣裝，只是從白色襯衫變成了淡藍色襯衫，外罩的灰色西裝仍不變，一雙長腿也還是同款的合身牛仔褲。

柳阿一一見到他，顧不得對方擅闖自己的客房便直撲了上去，抓著殷宇的肩膀猛搖兼大喊：「打醒我、求你打醒我吧！我活見鬼了啊啊啊！」

「你……見鬼了？你真的見鬼了嗎！」殷宇起先一愣，緊接像著魔一樣反按住柳阿一的肩膀，鏡片下瞪圓的雙眼直直盯著柳阿一。

「見、見鬼是有這麼興奮嗎？」

由於殷宇更加異常的反應，反倒讓柳阿一傻眼的看著對方，這傢伙看起來活像是中了頭獎的表情，不太對吧？

「咳、咳，抱歉……是我一時失態了。只是聽到見鬼兩字就一陣熱血翻騰……」

「……我由衷建議你撥打精神療養院的專線。」

「你說什麼？」

「不，我什麼都沒說。對了，我才想問你，你進門前到底向我講了什麼？」柳阿一用種雲淡風輕的表情帶過，話鋒一轉。

「喔，沒什麼，只是你可能沒早餐吃了，我想餐廳部已將東西收光了。」

殷宇已恢復到平時的冷靜，剛才的表情疑似是不小心從潘朵拉盒子裡跑出來一樣，船過水無痕。

「什麼？這麼重要的事情為何不早點跟我說！」

「我不是一進門時就說了嗎……」

柳阿一沒有理會殷宇的回話，二話不說直衝出門，直奔他的陽關大道，反觀佇在門房前、目送柳阿一奔離的殷宇，抬手推了推掛在鼻梁上的眼鏡。

「見鬼……嗎？那倒有趣了。」

△▽　△▽　△▽　△▽　△▽

柳阿一什麼話都說不出來了。

沮喪到家的他垂著頭，摸著餓扁的肚子像一縷幽魂，拖著蹣跚腳步從打烊的餐廳走出來。直到遇上沈莉，被問及他為何垂頭喪氣的原因後，好心的沈莉就將自己的早餐拿給了柳阿一。

「是說，沈小姐真的不吃一些嗎？」

拿著沈莉交給他的餐點，柳阿一走到外頭，在農場遼闊的草原上席地而坐，沈莉則跟在他的身旁。

「不、不用了，我不餓……」

沈莉只是淡淡的搖了搖頭，兩頰彷彿飄上一朵陰雲，神色黯然。

柳阿一先是一陣沉默，視線落在沈莉的側臉上，若有所思。

看沈莉也不像是想減肥而節食的人，食不下嚥的原因應該是心情不好吧？會不會和他昨晚見到的那一幕有關？

柳阿一想起昨夜在農舍裡見到的畫面，當時的沈莉抱著飼養箱喃喃自語……但那時候的她看起來，心情似乎還不錯的樣子呀。

該不會發現到他在偷窺吧？

不、不會的！他應該落跑得很快，不至於被沈莉發現才是啊……不行，為以防萬一，還是來試探一下沈莉好了。

「那麼……如果沈小姐不介意的話，我很樂意聽妳訴苦喔。」柳阿一將吃了一半的三明治放下，對著沈莉溫柔的微微一笑。

「欸？」沈莉一怔，對柳阿一突如其來的這句話感到意外。

從沈莉的反應來看，柳阿一就知道自己猜對了答案——沈莉果然有著困擾她的心事。

……希望不是發現他偷窺的事。如此一來，這不僅僅會打擊少女純情的心靈，也可能讓他接下來有段時間被警察杯杯找去喝下午茶。

「向叔叔……咳，是向大哥哥我談談如何？或許有解決妳心事的方法呢。而且，若我沒猜錯的話，妳似乎從我們初次見面時，就有話想對我說了吧？」即使心懷忐忑，柳阿一還是努力維持鎮定的表情問話。

「我……」眉頭緊蹙，沈莉揪著裙襬的手握得更緊了。

柳阿一保持沉默，他知道這時候要讓沈莉自己決定，是要接受這位令她崇拜的作家實際上是個痴漢，還是要將他這位痴漢送到警察局去……

不對，為什麼他要如此貶低自己啊！

沈莉深深的吸了一口氣，最終抬起一直低垂的臉。

「我確實是有話想跟柳先生說，這也是我邀請你來的真正原因……抱歉，請原諒我邀請你來是另有目的的。」

「另有目的？」

其實柳阿一不怎麼意外，反正有免費的民宿可住、有漂亮的美女可看，他才不會管這個天上掉下來的禮物有什麼目的，他現在只是單純的好奇，也有些疑惑，但更讓他安心的是，好在他沒被對方發現自己的偷窺行為，真是老天有眼、上蒼保佑啊！

「柳先生，我相信若是你一定可以的，因為你是驚悚小說作家……」

然而，沈莉卻講了一串讓柳阿一聽了更困惑的話。

這跟他是驚悚小說作家有何關係啊？

柳阿一越想越不明白。

沈莉突然站起身，又疑神疑鬼的看了看四周後，趕緊回過頭來對著柳阿一道：「柳先生，現在請你跟我去一個地方，拜託你了！」

「我知道了。」

只要是自己力所能及的範圍就想幫上沈莉的柳阿一，沒有多想就順著沈莉的意思，與她來到座落在前方不遠處的農舍。

到了農舍門前，柳阿一第一個冒出的念頭是——

這不就是他昨晚偷窺……啊不是，觀察沈莉的地方嗎？

沈莉解開拴在門把上的鎖後，帶著還搞不清楚狀況的柳阿一進入農舍。木製的門扉在兩人進入後緩緩合起，發出老舊的嘎嘎聲。

門一關上，採光本就不是很充足的農舍變得更加陰暗，即使是白天，農舍內部依舊顯得灰灰濛濛。白天的農舍甚至比夜晚時來得森然。

沈莉似乎沒有開燈的意思，整個空間僅靠著微弱的自然光投射而入。

哎呦……雖然是白天，但一個少女帶個大男人來這種光線昏暗的地方，會讓他柳阿一想歪耶！

「沈莉小姐，請問妳把我帶來這裡是要……」

柳阿一踏著乾草鋪著的地面，每走一步都會使草堆發出摩擦的沙沙聲，同時他不斷的在心裡告訴自己：不能對未成年少女下手啊柳阿一，就算人家要推倒你，你也不可以答應哦！

再看兩側，一隻隻肥碩的豬被關在柵欄內，撲鼻的腥騷味讓柳阿一很不能適應，但基於禮貌，他不敢用手摀住鼻子，只盼沈莉能儘快給他一個答案。

「我想給柳先生看個東西。」

背對柳阿一的沈莉蹲下身，看在柳阿一眼中，她像是在找尋什麼。也是到了這個時候，柳阿一才知道自己又再次多想了。

直到沈莉站起身，將拿在手裡的東西遞到柳阿一面前，柳阿一這才知道沈莉要他看的是什麼。

「這是……？」

這不就是……昨晚他見到的那個飼養箱嗎？

「柳先生你說過，願意聽我訴苦吧？」看柳阿一有些疑惑的神情，沈莉便先將遞上前的飼養箱往懷裡一抱。

「嗯，當然。」雖然納悶，柳阿一還是佯裝肯定的點了點頭，畢竟一言既出，駟馬難追，他還沒壞心到要對一個少女說謊。

「那麼，請你接下來不要慌張……嗯，我想你是驚悚小說家，應該習以為常了才對。」

沈莉這一段帶點天真的語氣，讓柳阿一聽得是滿頭霧水，甚至有種不太好的預感。

沈莉隨便挑了一個地方坐下，將懷裡的飼養箱輕放在膝上，她緩緩的開啟飼養箱的蓋子，把手伸入被綠色葉片覆蓋的小空間。

柳阿一專注的盯著沈莉的手看，直到她從箱中取出了某樣東西。

「這是……！」

當下不禁狠狠的倒抽一口氣，柳阿一以為自己是不是看錯了。

「呵，這是伯汀喔……很好聽的名字對吧？這是人家為牠取的名字哦……」

沈莉笑了，那張向來羞澀怕生的臉龐上，難得綻放起甜美的微笑。可是看在柳阿一的眼底，那抹笑容卻格外的詭異。

柳阿一嚥下一口口水，將視線移往沈莉手中的東西。

那是一隻全身透明，透明到令人毛骨悚然的蜘蛛。

柳阿一從沒見過，也沒聽過這世上竟有這種模樣的蜘蛛。他看著沈莉用手指輕柔的撫觸牠，每當手指來回碰觸一次，那透明軀殼內的暗紅色物體……彷彿也會為之震動一下。

即使柳阿一並不是那麼討厭蟲類，但這還是他第一次因直視蜘蛛而感到噁心。

「伯汀……」

沈莉沉浸在自己的世界裡，眼底似乎容不下其他的事物。她歪著頭、微微發笑的神情，目不轉睛盯著蜘蛛的雙眼，以及那彷彿不是她發出的柔媚呼喊，就像是另一個人似的。

柳阿一認為自己不能再保持沉默。他猶豫了一下，最後有些戰戰兢兢的問出口：「沈莉小姐，這……就是妳要給我看的？」

沈莉緩緩的抬起頭，一對碧藍的眼眸在昏暗之中像是有螢光般，瞳孔的顏色顯得格外鮮明。

她對著柳阿一，淺淺的笑了笑。

「是的，柳先生。伯汀牠……是我母親留給我的——我最喜歡的一項禮物了。」沈莉邊回答著，手指仍不停愛撫掌中的蜘蛛。

「咳，那、那蜘蛛……我是說伯汀，怎會讓妳感到心情不愉快呢？我看妳跟牠關係很好啊。」

柳阿一的目光刻意避開那隻透明蜘蛛，他一見到蜘蛛體內微微晃動的物體就覺得反胃，不過他也注意到了，當沈莉在提到她的母親時，目光微微黯淡下來的瞬間。

說起來，至少到目前為止，他還沒見過沈莉的母親呢……看來，無論是否還在人世，似乎都不在沈莉的身邊了。

反觀沈莉，被柳阿一這麼一問後，神色頓時又是一陣黯然，垂下眼皮的她將手中的蜘蛛輕放回箱內。

「就是因為我們關係很好……我才擔心伯汀的身體狀況。」

「身體狀況？牠怎麼了嗎？」柳阿一微微的瞇起了眼，眼睛細縫中流露出一絲納悶。

沈莉像是有所躊躇的，停頓了一會才將答案吐出：「伯汀他……最近開始不吃我給的葉片。」

柳阿一這下覺得更奇怪了，「葉片？沈莉小姐，據我所知，蜘蛛大部分是肉食性的掠食者，牠本來就不是吃素的。」

「我知道，但……伯汀不一樣。」沈莉雙手交疊在一起，彼此有些焦慮的搓揉著，說道：「伯汀牠是肯吃葉片的……而且牠被規定只能吃葉子。」

聽到沈莉的答覆，柳阿一簡直要困惑炸了，眼前這隻蜘蛛不僅長得詭異，就連食用的東西也和一般蜘蛛不同。

但是，他從沈莉的回答中發現到一個問題點——

是誰「規定」這隻蜘蛛只能吃葉片？

「沈莉小姐，我想即使牠肯吃，吃葉片仍有違蜘蛛的天性，或許就是妳一直給牠吃葉子，伯汀才會受不了而拒食。恕我直問，是誰規定伯汀只能吃葉子的？」

「是、是這樣嗎？可是……爸爸當初將伯汀帶回來時，就千叮嚀萬交代我不准餵葉片以外的東西。我、我不知道這會讓伯汀感到厭煩……我、我……」沈莉的頭垂得更低了，自責的快哭出來一樣。

「呃，不、不一定是我說的那樣啦！只是猜測，猜測。我只是覺得，或許讓伯汀吃吃看素食以外的東西，讓牠發揮蜘蛛的本能去獵捕蟲子，也許就會改掉牠的厭食症。」聽沈莉的聲音開始微微哽咽，柳阿一一時有些不知所措的安慰著對方。

不過，原來將這條「只能吃葉子」規定帶給沈莉的人，就是沈達啊……也許，若要解決這隻蜘蛛的厭食問題，就該問問當初將牠帶回來的沈達。

「其、其實，我也覺得伯汀可能是吃膩了葉子。」沈莉眨了眨有些泫然的大眼，像是突然想到什麼。

「妳也這樣覺得？」

柳阿一滿意外自己瞎掰的理由，沈莉竟然相信了。

沈莉點了點頭，說道：「嗯，雖然我很疼愛伯汀……實際上，我最近開始對牠並不是很放心。」

「什麼意思？」

「最近，也就是伯汀開始厭食葉子以後……有一次，我一如往常將手指伸進箱裡要觸摸牠……」沈莉突然深深的倒抽一口氣，「有那麼一瞬間，我覺得牠想要狠狠的咬我一口。」

沈莉一邊說，嬌小的身軀還微微顫抖。她緊接將臉埋入雙手之中，激動的道：「我當時真的嚇到了，我完全沒想過伯汀竟想對我這麼做。現在想想，伯汀牠、牠或許是真的受夠了，受夠了我讓牠違背蜘蛛的本能！」

哽咽與鼻音充斥著柳阿一的聽覺，他懸空的手本想安慰沈莉，卻在踟躕一陣後放回大腿右側。

這種時刻，柳阿一認為讓對方盡情發洩才是最好的。

「一定是這樣的……對，一定是。吶，柳先生，我該怎麼辦才好？我想讓伯汀過得快樂，我不想再限制伯汀的本能了！可是……可是父親又嚴格禁止我餵食牠葉子以外的東西……」

沈莉將哭得梨花帶淚的臉蛋從掌中抬起，一對水汪汪的眸子哭得紅腫，不知所措的對上柳阿一的視線。

深思一會，柳阿一蹲下身，伸出溫暖的掌心輕觸著沈莉的臉頰，「那就交給我吧，妳

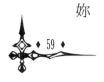

父親那邊就交給我去問看看……好嗎？我想，也許有什麼非得讓伯汀吃葉子的理由在。」

溫厚的聲音，伴隨著漾開的溫柔微笑，這是此時沈莉眼中所見到的柳阿一。

「真、真的嗎？柳先生真能幫我向父親問問看？」沈莉難掩激動與高興的眨著眼。

「嗯，那是當然的，誰叫妳是我的頭號粉絲呢。」柳阿一肯定的點點頭，搓了搓沈莉的髮頂。

「謝、謝謝柳先生！我就知道，我找你來是對的……因為大家都害怕伯汀，沒有人願意聽我說伯汀的事……柳先生真不愧是寫驚悚小說的作家，一點也不怕伯汀呢！」

沈莉露出雀躍的神情，原先頹喪的肩膀也都重新挺立起來，只是聽在柳阿一的耳底，他忽然覺得自己是驚悚小說家還真可悲啊！

沒現出驚嚇的神情才不是因為常寫恐怖小說，而是為了不要在女人面前出糗。現在可好了，逞英雄的下場就是要蹚這渾水，他得厚著臉皮去替一隻蜘蛛請命了。

思及至此，柳阿一又看了被關在飼養箱裡的蜘蛛一眼。

服貼在箱上、全身透明而被一眼看光的蜘蛛下盤，裡頭的暗紅色物體……正規律的起起又伏伏。

IV

她將破壞限制

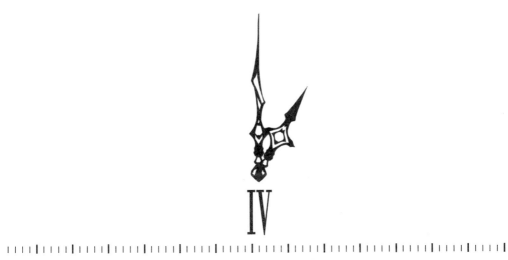

「我真聰明，只要替沈莉解決這件事，我在她心中的好感度一定會直線上升！從崇拜變成愛慕，從愛慕變成……」

「變成什麼？」

「嗚哇！」

柳阿一狠狠的嚇了一大跳，回過頭來就見殷宇站在自己身後，面無表情的盯著他瞧。

「拜、拜託你走路也出點聲，無聲無息來到別人背後很不禮貌，你知不知道？」還心有餘悸的柳阿一，沒好氣的抹了抹臉。

「這是職業病了，抱歉。」

殷宇抬手推了推眼鏡，口頭上雖然致上歉意，但是他的表情仍看起來不痛不癢、沒有任何變化，這讓柳阿一很想知道，這張萬年冰山的臉有沒有喜怒哀樂過。

「職業病？什麼職業病？」

柳阿一對殷宇直率的道歉感到意外，更意外殷宇怎會說出「職業病」一詞。

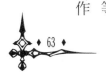

噢，別跟他說成為編輯就是要練就一身好輕功，而且還外加高超的扒手技能……等等，好像是這麼一回事哦，如此一來就能夠無聲無息接近拖稿的作家，還可以從拖稿的作

家身上扒走所有金錢和刷卡，導致作家瀕臨破產得乖乖寫稿！

真是狠毒啊，這年頭連編輯都要這麼十八般武藝樣樣精通才行了嗎？

當柳阿一還沒回過神來時，殷宇便回道：「方編輯沒跟你說嗎？我進到出版社之前，是警政署科學鑑識組的一員，在這之前也另外受過刑警的訓練。」

「喔，原來之前是條子啊……什麼！刑、刑警？那你幹嘛轉行來當編輯！」柳阿一猛然從恍神中醒來，一臉驚訝的面對著殷宇。

「因為我喜歡你……」

「咦？」柳阿一頓時傻住了，愣愣的接受這個突如其來的告白。

「的書。」

「拜託你一次把話說完好嗎！」

顯然快要暈倒的柳阿一扶著額頭，嚇出一身的冷汗來，他差點以為自己要打開神秘的新世界大門了！

「所以你就辭去警察的工作，跑來應徵我們出版社的編輯嗎？」柳阿一還是覺得這個理由有些牽強，警察好歹是國家保障的鐵飯碗，當月薪水絕對比一個小小助理編輯多吧！

「是的，剛好見到蚩仁出版社在徵助理編輯，我就毅然決然的這麼做了。」殷宇回答的相當坦白，不見一絲的猶豫。

聽殷宇答覆的那麼俐落，柳阿一也不好意思再問下去；反倒是殷宇對著柳阿一追問起來：「你說要幫沈莉小姐解決問題，是怎麼一回事？別忘了你的截稿死線正一天天逼近。」

「哎，我怎麼會忘了呢？其實這件事和我的寫作也有很大的關係。你聽我說，我從沈莉小姐那邊取得了一個很好的故事題材。」靈光一閃，柳阿一立刻改口對著殷宇這麼說。

「什麼很好的故事題材？」殷宇微微的蹙起眉頭，鏡片下的目光似乎半信半疑。

「是這樣的，我從沈莉小姐那邊聽到一件奇聞異事……」

柳阿一將自己從沈莉那邊得知的一切，包含那隻名叫伯汀的蜘蛛，以及蜘蛛被規定吃葉片的事情，全都一五一十的向殷宇說了。

「有這回事？」聽完解說的殷宇，平時冷冰的臉上多了一絲訝異。

「我發誓，我親眼看到的，那隻蜘蛛真的長得好奇怪，我還是第一次見到全身呈現透明的蜘蛛。」柳阿一馬上舉起手立誓，雖然他這招對許多女人都用過，不過就只有這次的話語是真的誠實。

「嗯……透明的蜘蛛嗎？會不會是蟹蛛的一種？不，就算是蟹蛛，也沒有把葉子當主餐的習性。」殷宇一手托腮思索著，鏡片下的目光十分認真。

「蟹蛛？那是什麼？總而言之，我真認為那隻叫伯汀的蜘蛛有問題……牠給我一種特別不祥的感覺。」柳阿一垂下眼簾，黑色的瞳孔閃過一絲不安。

「無論如何，在我還沒親眼見到牠之前，一切都還不確定。但聽了你的敘述後，這確實是個值得發揮的題材，標榜真人真事改編的故事通常會更具吸引力。」

「所以囉，我的打算就是去詢問沈達，他是當初將伯汀帶回來的人，也是將這條規定告訴沈莉的人……」柳阿一別有意圖的笑了笑，「殷宇助理編輯，為了幫我取材，你應該會陪我跑一趟，對吧？」

「可以是可以，但我有個前提，在這之前我要親眼見到那隻蜘蛛。」

殷宇也是個聰明人，知道柳阿一在設計他一起蹚這渾水。他目光冷冷的回看滿臉熱忱的柳阿一。

「沒問題！我們現在就直接去跟沈莉借看……」

「不行，這件事要暗地來。沈莉也許不希望我們這樣滋事，而且飼主在場的話，我不好進行一些判斷。」殷宇抬手推了推眼鏡，一臉正色。

「好吧，反正我知道那隻蜘蛛藏在哪，我們可以趁半夜的時候溜進去偷看一下……啊，對了！」

柳阿一像是突然想到什麼，轉身就往書桌走去。佇在書桌前的他，似乎有些猶豫的看著上鎖的抽屜。

「怎麼了嗎？」殷宇抬了抬濃密好看的眉毛。

「嗯，在見到那隻蜘蛛之前，我其實還遇到一件更離奇的事……」柳阿一欲言又止，雙手環抱著胸口，看起來仍像有所躊躇。

「比如什麼？明明關機的手機……卻傳來方編輯催稿的聲音？」

「別說這麼恐怖的事！」柳阿一驚得全身都起雞皮疙瘩。

殷宇不耐煩的皺了皺眉頭，「那到底是怎麼回事？」

「呃，其實……事情和你剛才所做的比喻差不多。只不過，東西並不是我的手機……」柳阿一越講越小聲。

但是，他比誰都清楚因為恐懼而原地踏步是不會有任何進展的，好比他筆下的故事，若有人裹足不前的話，通常就是下一個趨向滅亡的角色。

他深深的倒抽一口氣，鼓足勇氣後，硬著頭皮打開上鎖的抽屜，「刷」的一聲，取出放在抽屜裡的勾魂冊，將它拿至殷宇的面前。

「你想說的……是這本冊子？」殷宇有些出乎意外，稍稍一愣。

柳阿一面色凝重的點了點頭，「你先看看封面上標示的名字。」

「勾魂冊？真是個有趣的名字。你也想說這是新的小說題材嗎？」殷宇逐一將封面上的字唸了一遍，狐疑的盯著柳阿一瞧。

「不，不是這樣的。實際上是……」

柳阿一趕緊搖搖頭，開始向殷宇從頭娓娓道來。

聽完柳阿一的敘述，殷宇也不由得凝起眉頭，「如果這本勾魂冊真會自己寫字，那事情的解釋就只有一個——你撞邪了。」

「是呀，我想也只有這個說得通……難道這是寫驚悚小說的報應嗎？」柳阿一坐回椅子上，神色黯然的看著手中的勾魂冊。

「也許是你拋妻棄子的報應。」

「你錯了，我人生至此還沒失誤過。」柳阿一板起臉來，用著死魚的眼神看著殷宇。

「總之，雖然無法得知為何書本會自動增寫內容，但是我們或許可以從別的層面來討論。」殷宇完全無視柳阿一的反駁，從書桌上搜來紙筆，似乎打算用來記錄與分析。

看殷宇相當認真的投入此事，在旁的柳阿一也感到意外。

沒想到，殷宇竟會馬上接受他所闡述的事情，照理來講一般人都不會相信吧？看來這傢伙絕對有問題，而且問題還很大！可是這種怪人卻是他的編輯之一……

柳阿一不止一次為自己的前途堪憂了。

「柳先生，你有在聽我講話嗎？」殷宇挑了挑眉頭。

「啊，有的！請繼續。」從思緒中驚醒的柳阿一，故作鎮定的點了點頭。

殷宇只是微微的瞇起眼看他，不過卻也沒說什麼，接著將重心拉回。

「首先，這本勾魂冊是在你失蹤回來後，就在你身上的東西，對吧？所以也就是說，以合理的推測來看，這本勾魂冊和你的失蹤有很大的關係。」殷宇將自己所講的話記錄在紙上。

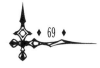

「嗯，這點我也有想過……但對此我真的一點頭緒也沒有，過去一年的事我全都記不得了。」柳阿一撓了撓後腦勺，顯得有些不好意思。

「那麼，這條線索便暫且無用武之地了。不過，我們還有第二條線索，就是勾魂冊的內容。」殷宇推了推眼鏡，「能否借我觀看一下裡頭的內容？」

「沒問題。」柳阿一將手中的勾魂冊遞給殷宇。

在殷宇翻開書皮的同時，窗外忽然颳起一陣冷風，頓時將白色的窗簾吹得翻捲如浪。明明是在熱得要命的仲夏，這陣風卻冷得讓柳阿一感到刺骨，全身打起一陣寒顫。他看向殷宇，殷宇似乎不把那陣風當一回事，相當投入在閱讀勾魂冊的內容上。

柳阿一不免覺得奇怪，難道殷宇沒有察覺到那陣冷風嗎？

還是說……只有他自己感覺到而已？

突然冒出的這個念頭，讓柳阿一又是一陣惡寒。拜託拜託不要再胡思亂想下去了，別再自己嚇自己了！

柳阿一不斷洗腦般告誡自己的同時，埋首閱讀的殷宇終於出了聲。

「我問你，第一段文字是什麼時候浮現的？」

「我想想……」柳阿一思索了一下，才回答殷宇的問題：「好像是在……我剛來到遠山農場的前一天夜晚吧。」

「那第二段文字呢？」

「呃，就是今天一大清早，我剛刷完牙不久。」

「嗯，目前為止似乎還察覺不出兩者間有何關係。但是……」殷宇一邊抬手托著下顎思索著，一邊讓紙張發出了被謄寫的沙沙聲。

「但是？」柳阿一不禁好奇的反問。

「我認為第一段文字所描寫的場景，和遠山農場的環境十分相像。」

「我起初也這樣認為。但是我後來想想，它又沒明確的將遠山農場四字標在上頭，要將這段敘述套用在任何農場都是可行的。」

「你說得也沒錯。不過你錯估了一點，你沒把第二段的內容列入考慮。」

「什麼意思？」柳阿一納悶的問著殷宇。

「你自己看第二段的文字。」

殷宇將勾魂冊反轉過來，好讓柳阿一能夠正面讀取上頭的文字，不過柳阿一還是有看沒有懂，這時殷宇便說：「我讀第一遍的時候，還沒聯想到那裡去。重讀第二次的時候，我察覺到這段文字與你所遭遇的事物息息相關。」

「哈啊？跟我有關係？」柳阿一簡直不敢相信殷宇所講的話。

「人類總喜歡違規，越是禁止的事情，越是會煽動人類的渴求欲，弗洛伊德看你發現的好事。噓，她將破壞我給予的限制，無聲無息的……聽到這裡，你還沒發現什麼嗎？」

在殷宇將文字唸過一遍後，柳阿一的臉色頓時變得相當難看，他嚥下一口口水，吞吞吐吐的道：「你、你是說……」

「對，我指的就是沈莉小姐的那件事。」殷宇毫不保留的將柳阿一心中所想的事一語道破。「這邊提到違規、禁止與限制的字眼，所要講的肯定是一種『不得逾越的事情』。再來，我之所以會聯想到沈莉小姐，主要是這段文字使用到了『她』。」

殷宇用筆尖點了點「她」這個字。

「也就是說……」柳阿一深深的倒抽一口氣，「如果把它當作連連看一樣，這個『她』對應的是沈莉小姐。而『不得逾越的事情』指的就是——那隻蜘蛛被規定只能吃葉子的事？」

一鼓作氣將猜測全都吐出來的柳阿一，心裡頭不禁猛然一顫。

「恐怕是這樣。你看，背景是農場，這裡又提及了某位女性要破壞規定……不都與你告訴我的這一切相呼應嗎？」

「那你說我該怎麼辦？」柳阿一緊閉雙唇，眼神中除了震驚之外，還有更多的惶恐。

「等待第三段文字的浮現。」殷宇回答得相當果斷。

當然，他也看出了柳阿一眼底的疑惑，在柳阿一提出問題前接續道：「我們剛才的假設是，勾魂冊是因你所遭遇的事情而增加內容。那麼，你現在能做的就是順其自然，等待勾魂冊會不會再出現與你相關的敘述。」

「唉，看來也只能這麼做……是說殷宇啊，對於我跟你講的這些怪事，你比我想像得還要投入且冷靜。」柳阿一邊收下殷宇遞還給他的勾魂冊，一邊說道。

「沒什麼，我只是對靈異與獵奇現象有很大的熱忱。反倒要感謝你，讓我遇到這麼有趣的事情。」

殷宇的嘴角微微上勾，一對狐狸眼中閃過一絲光彩，柳阿一沒想過會在這人臉上撞見這樣的神情。

或許在某種層面上來講，殷宇恐怕是比阿大還危險的人哪……

不過話說回來，遇上這種事還能陪他如此冷靜縝密分析的人，除了眼前這個傢伙以外，可能打著燈籠也找不到了。

△▽　△▽　△▽　△▽　△▽

深夜時分，萬籟俱寂，在一片蒼茫的月夜下，有兩道鬼鬼祟祟的身影在農場外頭遊走——躡手躡腳的柳阿一，帶著想一探究竟的殷宇來到農舍前。

「喂，這門是上鎖的，要怎麼進去啊？」柳阿一回過頭，小聲的問向身後的殷宇。

「包在我身上。」

殷宇從口袋中取出一根鐵絲，將鐵絲插入鎖孔之中。「喀擦」一聲，三兩下就將一道大鎖輕鬆解開。

「要是我有這種開鎖的好功夫，天底下不知有多少女人的閨房會被我打開……啊，當我沒說。」

被殷宇冷冷的瞪了一眼後，柳阿一趕緊裝作沒事別開目光。

兩人摸黑進入農舍之後，殷宇阻止了本想開燈的柳阿一。

「別開燈，會引來別人注意的。」

「不開燈？難不成你有火眼金睛能在夜裡看東西嗎？」柳阿一戲謔的扯了扯嘴角。

「……我準備了手電筒。」殷宇冷冷的回看了柳阿一一眼，同時取出一個手電筒。

在手電筒的協助下，柳阿一開始憑著之前的印象搜尋目標。

「過來過來，就是這裡。」

柳阿一朝身後的殷宇招了招手。殷宇立即湊過去，將手電筒直直的照在木箱之上，果然就在放滿木屑的箱子裡找到了飼養箱。

殷宇將手電筒交給柳阿一，小心翼翼的將飼養箱從中取出，在旁的柳阿一則拿著手電筒，將光線集中在透明的飼養箱之上。

「這就是……你所說的那隻透明蜘蛛嗎？」

雙手捧著飼養箱的殷宇，鏡片下的目光流露出一絲驚訝，全身透明的蜘蛛，在被突如其來的強光一照下，似乎受到驚嚇而竄到箱子另一端。

「我還是第一次見到這種蜘蛛……」殷宇將飼養箱輕放在一個櫃子上，又從口袋中拿出一把放大鏡，聚焦在那隻透明的蜘蛛身上。

「怎樣，牠是你之前所講的那種蟹蛛嗎？」柳阿一輕聲問道。

「不，絕對不是。」殷宇立即搖了搖頭，「雖然牠和所有蜘蛛一樣，有兩個體段、八條腿……但無論任何品種的蜘蛛，都沒有如此顯而易見的臟器結構。」

「呃，你能不能講得簡單明瞭一點？」

只了解女人哪裡是敏感點的柳阿一，完全不明白殷宇究竟在說些什麼。

「我在來這裡之前，稍微做了點功課。蜘蛛是一種螯肢亞門節肢動物，有兩個體段，頭胸部和腹部。但是……」殷宇的面色頓時凝重起來，「這隻蜘蛛的體內，不僅看不到神經節，還多了一副像是……像極了縮小版的人體臟器。」

「不會吧？把放大鏡拿來我看看。」

柳阿一以為是自己聽錯了，要不然就是殷宇的比喻太誇張。懷著半信半疑又有點忐忑的心，柳阿一從殷宇手中接過放大鏡。透過放大鏡，他終於明白伯汀體內那一團黑色……不，正確來說是暗紅色的物體為何。

那是一個近似於人結構體的循環系統。位於胸部的左上方，是一顆正在微微跳動的圓球狀器官，圓球狀的器官接連兩大條管路，一條是鮮紅色的管道，另一條則是繞回圓球狀的青藍色線路。

柳阿一無法克制自己的聯想：正在起伏跳動的器官是一顆心臟，環繞在旁的線路則是動脈與靜脈……

突然，他覺得胃袋一陣翻騰，有股灼熱的酸味正湧上喉嚨。

「嘔！」柳阿一下意識的反應就是用手摀住嘴巴，急急的往後退了一大步。

「柳阿一，你還好吧？」見柳阿一的臉色鐵青，殷宇不禁有些擔心的問。

「呼……沒事、沒事。那接下來，你打算怎麼做？繼續觀察這隻蜘蛛嗎？」一手扶著欄杆，一手擦拭額前的冷汗，嘔吐的感覺已被柳阿一強行壓下。

「嗯，這隻蜘蛛實在是太不可思議了……我想要做進一步的觀察。」殷宇的目光又回到蜘蛛身上。

「進一步觀察？等等，你該不會是想……！」

柳阿一的話還未完，殷宇已經打開飼養箱的蓋子、徒手進去捉取蜘蛛，也許是激起了蜘蛛的自衛本能，巴掌大的蜘蛛一反乖覺的常態，著魔似的衝向殷宇的手指！

「小心！」柳阿一緊張的喊了一聲，「這傢伙有咬人的前科！」

「我知道。」

想不到，殷宇不僅巧妙的避開蜘蛛的正面攻擊，還趁蜘蛛尚未反應過來前將手繞到後方，一把抓住了蜘蛛。

「你是要嚇死我啊……」白了對方一眼，心有餘悸的柳阿一沒好氣的道。

老神在在的殷宇才不管柳阿一說什麼，眼神專注於手上的蜘蛛。

「若從這傢伙的體型來看，牠應該是屬於黑寡婦的品種。也就是說，這隻蜘蛛絕對不是草食性，而是以肉食為主的掠食者。」殷宇將手中不停掙扎的蜘蛛舉高，仔仔細細的觀看。「雖然許多蜘蛛的幼體以花蜜為食，但牠這樣子似乎已是成蟲，也難怪牠會抗拒這些葉片了……不，餵食葉片本就是一件不合常理的事。不過，也許其中有什麼非得這麼做的理由……」

殷宇思索到一半，門外突然傳來一道似曾相識的呼喊。

「伯汀，已經晚上十二點囉，你該吃晚餐了……」

「糟了，是沈莉！」柳阿一馬上認出這是沈莉的聲音，緊張的回過頭巴望著殷宇，問道：「現在該怎麼辦？」

相較於柳阿一的心急，冷靜的殷宇先將蜘蛛放回飼養箱內，快速的將一切回歸原貌，緊接著一把揪起柳阿一的領子，拎著他躲到距離最近的一個貨櫃後頭。

「伯汀，你一定會很高興我帶來的東西喔……」

農舍的門扉被推開，和前晚一樣穿著睡袍來到此處的沈莉，手裡似乎端著某樣東西。躲在貨櫃之後的柳阿一和殷宇，屏氣凝神、不敢吭聲的偷看沈莉的一舉一動。

只見沈莉取出飼養箱，一如往常的坐下身，將飼養箱輕輕放在自己的大腿上後，小心翼翼的將手伸進箱子裡頭。

和殷宇將手伸進去的狀況截然不同。蜘蛛一見到沈莉將手探入後，反而是極力的往後退去、身子緊緊的縮在一角，像是在抗拒沈莉靠近牠一樣。

在旁目睹這一幕的柳阿一和殷宇，對此都產生了共同的疑問，不明白為何蜘蛛面對沈莉的反應會是如此。

「伯汀？伯汀你怎麼了？難道你討厭我了嗎？」

沈莉難過的垂下眼簾，碧藍色的眸子裡充滿失落。

即便飼主是如此的難過，蜘蛛就是明顯的不願與她有所接觸，一旦沈莉的指頭靠近，牠馬上又躲到另一個角落。

「……你一定是氣我吧？氣我只給你吃葉子這件事對吧？」沈莉嘆了一口氣，將手從箱子裡抽回。「對不起，我再也不會強迫你吃不喜歡的東西了……所以，我今天帶來了你一定會喜歡的食物。」

沈莉從身後取出一盤碟子，她將裹在碟子上頭的保鮮膜撕開後，滿是愁容的臉蛋終於漾出一笑。

躲在旁邊的柳阿一探頭一看，赫然發現——那碟子裡全是未煮熟的碎肉！

「吃吧，我心愛的伯汀，我不會再讓你挨餓了……」

猶如對情人的溫柔耳語，沈莉開始將絞肉灑進飼養箱之中，即使整隻手都流滿絞肉的血水，在她臉上卻看不見絲毫的在意。

至於箱子裡頭的蜘蛛，頓時沉浸在嚙食肉汁的快感中，彷彿是滿心歡喜的……讓自身透明的身軀，全然的浸泡在從肉塊擠出的紅海之中。

V

惡夢

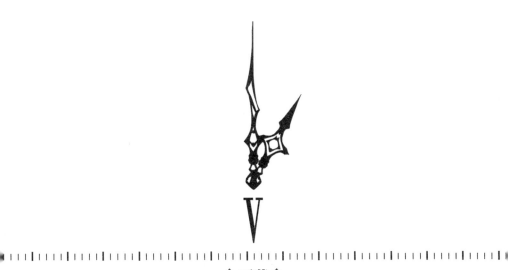

他問——

「我在哪？」

眨眨眼，想看清自己身處的環境；認真傾聽，耳膜想接收到聲音，哪怕是一丁點的聲響都足以讓他安心些。

什麼都看不清，什麼都聽不見，他心慌的祈求著這不是一個無聲的牢籠。

他急急向前走，下意識的想找到除了空白以外的事物。

終於，他看見一片牆，將他與外界隔絕的一片透明玻璃，他試圖打破，卻怎樣也無法如願。他再往旁邊跑去，很快又發現另一道牆……最後他總共發現了四面牆。

四面牆將他團團包圍，他走投無路了。

他咬了咬唇，面露不屈的神色。

既然前後左右都碰壁，那往上爬呢？

抬頭一看，他看到上頭覆蓋著一大塊綠色的、像是塑膠材質的東西，那東西上有幾排小洞，看起來像是排氣孔……當他的視線回到水平面後，牆外有一對睜得圓滾滾的藍色眼珠，隔著透明玻璃觀察著自己。

他震驚的往後退去，因為最終弄清自己身處在怎樣的環境——他活生生是一個被關在飼養箱裡的玩物！

他衝到玻璃前，憤而大喊「放我出去、放我出去」，但他喊得越激動焦躁，那對骨碌盯著自己瞧的藍色眼珠，眼神只有越顯病態的歡愉。

直到聲嘶力竭，頹喪的他跪坐在地上，卻殊不知有更可怕的事物正朝他逼近……

突然，他聽見蓋子被開啟的聲音。

無力的他緩緩抬起眼來，見到真相的那一瞬間，他睜大眼、愕然的倒抽一口氣。

他先見到一隻偌大的手打開盒蓋。下一秒，另一隻手則抓進一隻全身透明、幾乎可見軀殼內紅色臟器的蜘蛛。

「嘻嘻，親愛的……這就是我為你準備的晚餐喔……」

甜滋滋的聲音傳進耳底，但他非常明白這句話不是對他說的。

寵溺、輕柔，宛如情人的耳語……

是那隻蜘蛛才享有的特權。

透明蜘蛛像是聽得懂人語，牠正用自己的方式回應主人的期許……強而有力的齒顎正對著「晚餐」開開張張。

「別、別過來……！」

眼睜睜看著透明蜘蛛用貪婪的眼神朝他一步一步爬近，全身大汗直流、臉色刷白的他往後退縮，直到整個背脊都貼上牆壁，他仍不死心的想後退。

就在這時，他突然想到一點：他說不定有戰勝這隻蜘蛛的機會。

仔細一看，這隻蜘蛛的體型明顯比他來得小，甚至是小了許多……他可以靠著體型上的優勢逆轉局面啊！

心一橫，他正要試圖反抗之際，嬌滴滴的聲音再次傳了進來——

「……沒錯，親愛的消化系統太狹窄了，無法吃大塊的固體。」

那聲音頓了一下，隨即又傳來了一聲輕笑，「所以，牠會先將食物液化，並且用嘴邊的附屬肢磨碎食物……」

聲音的主人將整張臉都貼到玻璃牆上，呼出的熱氣將玻璃蒙上一層白霧，一對眼珠子則圓滾滾的盯著絕望的男人。

「想像一下，你會怎麼被拆解入腹吧？」

伴隨著咯咯的笑聲傳入耳中，蜘蛛冰涼的附屬肢已攀在他的身上，腳上絨毛正輕輕掃著他刷白的臉龐……

△▽　△▽　△▽　△▽　△▽

柳阿一從床上猛然坐起，喘著大氣的他一臉驚恐。

掌心一貼上額頭，就被徹底汗濕，柳阿一沒想到自己做個夢會流這麼多汗。他又撫著胸口，心跳似乎還未平復，咚咚咚的好大聲。

剛才，那真是一場夢嗎？

真實的讓他都屏住呼吸，整個人好似掉進了什麼萬丈深淵，有種再也無法從裡頭爬出來的極端恐懼。

他一回想起夢境的最後，結局鮮明的可怕，是他被蜘蛛一點一滴生吞活剝的畫面……

但無論如何，他終究醒過來了。

摸著自己還有心跳的胸口，柳阿一頓時覺得踏實多了，雖然他也多少意識到，近來出現惡夢的頻率似乎特別高，心想這會不會和接觸了勾魂冊有關？

「啊！煩死了！」

不想再糾結於夢境，柳阿一打算起身去刷個牙、洗把臉，一下床，就見一道身影坐在書桌前，專注的盯著他的筆電螢幕。

「殷宇？」柳阿一愣了愣，還有些渾渾噩噩的腦袋搞不清楚現況。

「喔，你終於醒了？」抬手推了推眼鏡，殷宇沒有回過頭來看向柳阿一，目光仍停留在螢幕上空蕩蕩的 WORD 檔案內文上。

「你能不能跟我解釋一下？為什麼我一早起來就見到你在我房內？」一手拿著漱口杯，一手握著牙刷直指殷宇鼻頭的柳阿一，滿臉的不解。

這傢伙該不會又用他的刑警老本行，拿鐵絲撬開門鎖跑進來吧？

話說回來，一早起來不是看到躺在旁邊的美麗枕邊人，而是看到一臉就散發討厭氣息的催稿鬼，柳阿一真覺今天不是他的日子。

「你怎麼不先跟我解釋一下，都快截稿了，稿子看起來還一片空白，只下了標題而已？」殷宇用著機器人般毫無起伏的語調，給柳阿一一記回馬槍。

柳阿一一臉錯愕的倒抽口氣、身體往後一退，舌頭開始打結的回道：「誰、誰准你看我的電腦檔案了！這是我的私人物品！我要控告你侵犯隱私權哦！」

反觀面無表情的殷宇終於回過頭來，冷淡的瞥了柳阿一一眼，「我不反對，不過，在此之前你可能得先賠償一大筆的違約金……之後有沒有錢請律師幫你打官司，又是另一回事了。」

「嗚哇，好惡毒的傢伙！」

柳阿一汗顏的盯著眼前的男人，不禁這麼想：威脅方式即便與原本的責任編輯方世傑不同，不過殷宇這種殺人不見血的手段好似更有壓迫感！

「話說回來——」殷宇將什麼內文也沒有的筆電合了起來，「柳先生，看你一副活蹦亂跳的樣子，你忘了昨天發生了什麼事嗎？」

「發生了什麼事？」柳阿一更加困惑了，蹙起眉頭。

「……看來你真嚇得不輕，七魂六魄跑掉不少吧。」殷宇淡淡的搖著頭。

「你到底在說些什麼？」看殷宇這種態度，柳阿一心中疑問的雪球也越滾越大。

「你真的忘了嗎？昨天你和我去偷看那隻叫伯汀的蜘蛛，記得嗎？」

殷宇身子往前一探，鏡片下的目光正視著柳阿一。對柳阿一而言，每當被殷宇用這種眼神注視時，整個人就會不禁正襟危坐。

「這個我記得，當初是你要求去看的嘛。喂，你別糊弄我，這哪是你出現在這裡的理由啊！」柳阿一握緊手中的牙刷，沒好氣的白了殷宇一眼。

「我話還沒說完。」殷宇只是一臉的平淡，「你還記得，當時我們撞見突然來到農舍的沈莉嗎？」

「這我都知道啊。」柳阿一擺出一副「所以呢？」的表情。

「那你知不知道，後來見到沈莉拿生肉餵食蜘蛛時，你突然間像被雷劈到一樣，整個人臉色頓時刷白，聲音顫抖的跟我說你看到了什麼嗎？」相較於柳阿一滿臉的困惑，殷宇的臉上只有理性與冷靜。

「我……？我有那樣的反應？我、我說了什麼嗎？」柳阿一整個人都傻住了，因為他對此一點印象也沒有啊！

殷宇嘆了一口氣，「那你的記憶還真主觀性，可以選擇不喜歡的事情就忘得一乾二淨……當時你跟我說，你從那隻蜘蛛身上看到一張臉。」

「看到一張……臉？」柳阿一簡直不敢相信自己聽見的答案。

「對，那時候的你顯得快失控了，一直喃喃自語的說著臉啊臉的。我怕再這樣下去會讓沈莉知道我們的存在，於是我只好摀住你的嘴，直到沈莉離去後我才拖著你回來。」

殷宇凝起眉頭，似乎有一絲的無奈，「想必你連之後的事情也忘得一乾二淨。回房後你像重感冒似的，嘔吐不止，全身發冷，你現在身上那套衣服是我換過的，之前那一件早被你吐得慘不忍睹了。」

「真……真有這種事？」

聽完殷宇解釋的柳阿一，依然不敢相信自己竟會如此糗態，直到他低頭看了一下自己身上的衣服，果真不是昨晚印象中的那一件，他才強迫自己接受眼前的事實。

實際上，在聽殷宇回溯的同時，柳阿一也試著努力回想，可惜腦袋不爭氣，只有一片的空白。

「所以，能夠理解我為何待在你房裡了嗎？我可是一整晚都待在這裡，像個褓姆一樣替你這位大少爺處理善後。」殷宇摘下眼鏡，抬手擰了擰鼻梁，語氣裡多少包含著一些不悅和疲累。

「抱歉。」柳阿一抬手抹了抹臉，「我對於你後來講的那些事……真的一點印象也沒有。」

他低下頭來，鄭重的向殷宇道了歉。

雖然他柳阿一在追求女人方面上臉皮厚得很，但倘若是自己連累到他人，真心誠意的道歉和賠罪絕對少不了。

收到道歉的殷宇挑了挑眉，將眼鏡重新戴上，鏡片下的目光掠過一絲意外。

在他的認知中，柳阿一是個有些輕浮的男人，他沒想到會收到對方如此坦率誠懇的歉意……要是他為拖稿找尋理由時，也能像現今這般坦率真誠的道歉就好了。聽說身為柳阿一的責任編輯、他的前輩方世傑，就時常被柳阿一氣到腸胃出血。

「若真的記不起來，也不能怪你不是嗎？反正，只要你在截稿線前好好的把稿子交出來，我這麼做也有代價了。那麼，現在你有什麼打算？」殷宇聳了聳肩，兩手一攤。

「如果你要我說實話，我的答案可能會讓你失望吧。」

「你的實話，就是現在不打算乖乖寫稿對吧？」

「哎呀，真是知我者殷宇編輯也。」柳阿一終於收起原先沉重的神情，訕訕一笑。

「我就算不是你肚子裡的蟯蟲都知道，不，是全世界的人都知道你根本就愛拖稿。說吧，你是不是還在意那隻蜘蛛的事？」

殷宇對柳阿一做出傾聽的姿態。

事實上，今天換作是他，也沒心思寫稿，比起坐在電腦前架構空泛的恐怖故事，倒不如去親身體驗……

況且，這還是難得一遇的機會。

「嗯，而且我答應了沈莉小姐，要幫忙詢問她父親的意思。你知道的，規定那隻蜘蛛只能吃葉片的人，就是沈達。」

「不過，沈達應該不知道吧？不知道他女兒已經破壞規矩的這件事。」

殷宇抬手推了推眼鏡、斷然的下了結論後，打開書桌的抽屜，取出收在裡頭的勾魂冊。

「你拿勾魂冊是要幹什麼？難道勾魂冊又……」觀望殷宇的舉動，柳阿一面露疑惑與一絲的不安。

殷宇沒有立即回答柳阿一的問題，他先翻開青綠色的書皮，鏡片下的目光在內頁裡來回搜尋。

柳阿一落在殷宇身上的目光越顯焦慮，直到殷宇將手中的勾魂冊合上，抬起眼來對向他道：「你猜錯了，勾魂冊到目前為止還沒有新增內容。」

「咦？那你為何……」

「我只是想確認，歷經昨晚的事件後，勾魂冊有沒有再顯現新的敘述。你沒忘了我之前的推測吧？我懷疑，勾魂冊與你周圍的一切有所關聯。」

「既然如此，勾魂冊這次沒再新增文字，是不是代表它其實與我無關了？」

「很難說，現在還難以做出判斷。也許有什麼關鍵點你還沒觸發……嗯，就像恐怖片一樣。」

「別把我的人生比喻成恐怖片好嗎？還有你那一臉認真思考的表情是怎麼回事？」

柳阿一都快不知道怎麼吐槽殷宇了，就算要比喻，也該說他是愛情動作片啊！

「總而言之，今天非得先向沈達問清楚才行。我也說不上為什麼，自從看到沈莉拿生肉餵食蜘蛛後……總覺得，似乎有什麼事情已無法挽回了。」柳阿一無法揮別心中的不安。

看出柳阿一臉上那抹灰暗，殷宇的下一個動作就是將外套拎起，走向房門。

「那就別踟躕了，現在就去問個明白，也許還有挽救的機會。」

房門應聲打開，殷宇將修長的腿往門外一跨，揚長而去。

「裝什麼瀟灑啊，這傢伙！」

看著殷宇離去的柳阿一，也趕緊追上殷宇的腳步。

老實說，他就是有點忌妒，一樣邁開雙腿迎風而出，殷宇看上去的氣勢就比自己帥氣磊落，這到底是為什麼？要比腿長，他柳阿一也不輸人啊！要比臉蛋，他更是十足信心……好吧，天知道為什麼，反正他就是不甘心。

一出房門沒多久，柳阿一就在走廊上撞見沈莉。

她今天的氣色比先前來得明亮，就連脣角都是微微上勾的弧度。昨日的她還是死氣沉沉洋娃娃，今日她卻成了被吻醒的睡美人，光彩熠熠。

「呃，早安，沈莉小姐，妳今天心情看起來格外好呢。」

儘管沈莉的反差表現讓他有些意外，柳阿一仍鎮定的點頭致意。

「呵，因為只要伯汀快樂，我也會跟著快樂呀。伯汀牠現在過得很好喔……」

話說到一半欲言又止，沈莉的眼簾低垂，若有所思。

「要是早些這麼做就好了。當初，到底是為了什麼要遵守爸爸的規定呢……」她抿了抿粉嫩的櫻唇，細細的柳眉微微蹙起，眼中閃過一絲的厭惡與懊悔。

沈莉突然抬起頭來，「柳先生，可以拜託你一件事嗎？」

碧海藍天般的眸子注視著柳阿一。

「沈莉小姐儘管說。」

柳阿一幾乎敢百分之百肯定，沈莉的要求絕對和那隻蜘蛛脫離不了關係。

「之前，請柳先生幫忙詢問父親的意思……我想，現在沒這個必要了。請柳先生忘了這件事吧！千萬別在我父親面前提起，好嗎？」沈莉眨了眨眼睛，纖長的睫毛就像羽扇一樣上下扇動。

果真是為了這件事啊！柳阿一不禁在心裡輕輕嘆息。

「……我知道了，能見到沈莉小姐快樂的神情，比什麼都來得重要。」語畢，再奉上一抹無懈可擊的微笑，柳阿一深信已取得沈莉的信任。

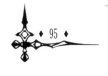

沈莉立刻感激的鞠躬致謝，低下頭來的她絲毫沒有察覺到，柳阿一懸在嘴角上的一抹無奈與苦澀。

目送沈莉心滿意足的離去後，柳阿一抬手抹了抹臉，沒好氣的對著空氣彈指一聲。

「躲在旁邊看的傢伙，該出來了吧。」

話音剛落，一道熟悉的身影就從柱子後探出，對著柳阿一拍拍手。

「真不愧是情場老手，騙人的把戲很會呢，也許，我該去查一下你有沒有詐欺前科。」

殷宇邊拍著手，邊走向擺出一張結屎臉的柳阿一，他的掌聲和表情對柳阿一來說根本是諷刺得可以。

「少囉嗦，快把你刑警的職業病戒掉啦！你剛也聽到了吧？沈莉她打算隱瞞餵食生肉的事情。」

「所以呢，你該不會想為她保守秘密吧？」

「哼，要是我想替她保守秘密的話，就會威脅你不准說出去了。趁沈莉還沒疑心前，我們快去找沈達問個透澈吧。」

△▽ △▽ △▽ △▽ △▽

兩人一前一後來到沈達的辦公室，入門之前柳阿一卻停下腳步，原先要轉開門把的手懸在半空中。

柳阿一身後的殷宇沒有出聲，他看出柳阿一到頭來還是有些猶豫。

「也許，打開了這扇門後……我們真會捲進一場風暴中，再也無法脫身了。」

儘管很戲劇性的一句話，卻是柳阿一為數不多的真心話。

他從沒這麼忐忑過，彷彿冥冥之中，有某種力量正拉他掉入一個不見底的深淵，只要再往前一步，便沒有回頭的機會。

柳阿一看著眼前的這扇門，就像是進入暴風圈的最後一道關卡，要是推開了它，狂瀾也許會接踵而至，淹得他措手不及。

「……想這麼多幹嘛，你才該改掉作家的職業病。」

身後的殷宇終於出了聲，他抬手推了推眼鏡，說道：「就算是狂風暴雨又如何，諾亞方舟還不是度過了危機——況且再慘，你也不會是唯一的淹死鬼。」

殷宇索性走上前，代替柳阿一握住冷冰的門把。

柳阿一這才發覺，原來殷宇的手背上有道淡淡的傷疤，不過是數公分的傷痕，卻意外的惹得柳阿一的目光停留注意。

「猶豫不決的人，可是連方舟都搭不上的。」

門把同時應聲轉開，殷宇就這麼大剌剌的走進沈達的辦公室。

「打擾了，沈先生。」

沒有理會柳阿一的阻止，殷宇帶著職業性的微笑，步入了沈達的視線範圍。

「你是……？」

坐在檜木茶几前的沈達回過頭來，面對突如其來的不速之客，他看起來不慌不忙，只是眼神中仍藏不住一絲訝異。

「呃……沈先生，容我為你介紹一下，他叫殷宇，是住在我隔壁的房客，同時也是我的助理編輯。」柳阿一趕緊竄出來打圓場，他邊拍拍殷宇的肩膀，邊向沈達獻上最和氣的笑容。

「原來是柳先生的助理編輯，幸會。只不過，兩位一早來找我有什麼事嗎？」沈達捻了捻烏黑黝亮的八字鬍，兩眼微微瞇起、打量著柳阿一身旁的殷宇。

「那我就開門見山的說了。」

直接打斷柳阿一的客套寒暄，殷宇往沈達的方向邁進一步，問道：「沈先生能否告訴我，基於什麼理由，會讓你規定一隻蜘蛛只能吃葉片過活？」

殷宇毫不客氣的問話方式，立刻讓在旁的柳阿一聽得滿頭大汗。柳阿一懊惱的扶著額頭，如果可以他真想對殷宇大喊——

喂喂，對方是遠山農場的老闆，可不是你以前審問的犯人哪！

「……你從哪聽來的？」

果然，不出柳阿一的預料，沈達的臉馬上拉了下來。

「從令嬡的口中。實際上是令嬡親口告訴柳先生這些事情，我只是輾轉從柳先生那邊聽來的。」面對沈達的嚴肅表情，殷宇沒有絲毫的退縮之意，鏡片下的目光一如平時炯炯有神。

「原來如此，是沈莉告訴你的嗎……哼！」

沈達冷冷的瞥了柳阿一一眼，從他語氣裡不難聽出正在醞釀中的怒氣，原先和顏悅色的形象，頓時瓦解到只剩一種冷酷的顫慄。

不過同時，柳阿一也確定了一件事，即是這對父女都不希望外人得知蜘蛛的事。

「你們為何要問我這件事？這和你們一點關係也沒有吧。」

沈達站起身、雙手交叉擺在背後，昂挺胸膛像是要開戰一樣，讓人感到一種不舒服的壓迫感。

「也許和我們沒關係，但我們擁有你所不知道的消息。」

「你這話是什麼意思？」

沈達扭過頭來，鋒利的目光直直落在殷宇身上，活像要把他釘在十字架上，彷彿所有的一切都會被這道視線貫穿、看清，且無所遁形。

「沈先生，你規定令嬡不得餵食蜘蛛葉片以外的東西。但據我所知，令嬡已違背你的命令。」即便在沈達充滿壓迫性的視線下，殷宇一貫鎮定無懼。

「胡說八道！」沈達憤而甩手，「我的女兒不可能這麼做！她不可能違背我這父親的意思！」

「沈先生，恐怕你得接受這個事實。實際上我和殷宇都親眼目睹——令嬡拿絞肉餵食蜘蛛的畫面。」

既然都已來到不可收拾的地步，柳阿一也乾脆豁了出去。

想想對方如此生氣是理所當然的吧，女兒違背了自己千叮嚀萬交代的規則，身為人父的沈達怎能不發怒呢？

「你說什麼？你說沈莉拿絞肉餵食那隻蜘蛛？」沈達流露出不敢置信的神情。「不會的……沈莉她不可能這麼做……她也不可以這麼做！」

沈達低下頭，神色倉皇的站起身來回踱步，起初凌厲的氣勢全都煙消雲散。急轉直下的反應讓柳阿一和殷宇也看得一頭霧水。

「沈先生，事到如今，你願意告訴我們理由了嗎？」

柳阿一催促沈達吐出答案，卻見沈達突然停住腳步，回過頭來。

「是說——我憑什麼要相信你們的話？話是你們講的，但我可沒親眼見到吶！」

變臉的速度比翻書還快，沈達的目光充滿質疑。

「沈先生如果想要眼見為憑，你不妨這麼做。」殷宇抬手推了推眼鏡，「令嬡將那隻蜘蛛養在農舍內，對吧？沈先生，你大可以設一個監視器在裡頭，到時就能真相大白了。」

「監視器……哼，好，我就照你的意思去做。但是，要是讓我發現事實與你們所言不符，你們就等著上法庭吧！」沈達思索了一下，最後拍桌定案。

「當然，我們會為自己的言行負責。沈先生，既然如此，請儘快準備好監視系統。今晚午夜十二點，我們等著見真章。」

殷宇沒有第二句話，轉身就走。

至於柳阿一，也緊隨殷宇腳步，離開這充滿火藥味的辦公室。

辦公室門一關，對柳阿一而言就像隔絕了兩個世界，人間與戰場的區別。

「結果，還是沒問到餵食葉片的原因啊……」

柳阿一顯得有些疲累，畢竟剛歷經一場脣槍舌戰。

「沈達那傢伙真是不見棺材不掉淚，等他親眼見到後，也許還會回過頭來拜託我們。」

相較柳阿一的無力，殷宇還是一副泰然自若的模樣。

「等等，我怎麼覺得事情好像變得越來越棘手……我只是一個認真上進的驚悚小說作家啊！」

就在柳阿一抱頭吶喊的同時，殷宇的手機鈴聲頓時響起。

「是，方編輯，詢問稿件狀況嗎？喔，是這樣子的，目前為止連一個字都還沒生出來的傢伙，剛還自稱是一個認真上進的驚悚小說作家呢。」

「嗚哇，撤回前言、撤回前言！」

VI

蜘蛛身上的人臉

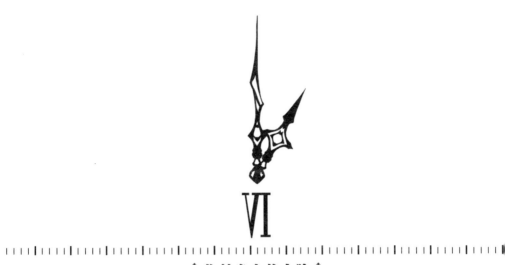

午夜十二點，閣樓裡的燈火仍舊通明，異樣的氣氛籠罩著室內三人。

三道身影聚在一架電視機前，一人面色凝重，一人態度自若，看起來最為年長的那一人則坐立難安。十分鐘前，他們就開始盯著電視螢幕不動，螢幕下方的秒數清清楚楚記錄著使用時間。

「看，都已經過了十分多鐘，連一個人影都沒瞧到，真是浪費我的時間！」

來回踱步，明明最惴惴不安的沈達，對柳阿一和殷宇大聲嚷嚷。

「再等一下。」面對沈達的怒氣，殷宇的眉頭連動也不動，鏡片下的目光只是靜靜的盯著監視器畫面。

「哼，就算等再久，都不會見到我女兒出現在鏡頭前……」

沈達信誓旦旦的話音猶言在耳，偏逢此時，鏡頭前的農舍大門正緩緩移動，一道影子立在鋪滿乾草的地上。

一道嬌小的身影迅速潛入，手上還提著一個似乎裝滿東西的水桶。

「沈莉……！」尾音微微顫抖，一眼就認出自己女兒的沈達，視線迅即聚焦在螢幕上。沈莉的出現除了讓他自打嘴巴，還帶給他更多的震驚、錯愕與心慌。

「沈先生，接下來請你看仔細了……」

臉色從開始就很沉重的柳阿一，雙手合十抵在下顎。

其實，他的狀態不比沈達來得好。他有些怕，怕上次慘痛的經驗重演，他不想再發生嘔吐不止、昏睡一整天的悲劇。

老實說他對於這種噁心的蟲類……和疑似在蟲身上見著的人臉，在上次的經驗過後就一直抱持著盡量疏遠念頭，他很難保證自己再見到時會不會又發作，到時又得害得殷宇替他收拾善後，同為一個堂堂男子漢而言，這真不是滋味也感到羞辱……

「你還好吧？」似乎注意到柳阿一的難看臉色，殷宇用肩膀碰了對方一下，「別太勉強，要是像上次那樣的話……」

「沒關係，我這次沒問題的。」

也許是出自於好強的心態，柳阿一堅定的點了點頭，況且在這節骨眼上，他可不想成為壞了一鍋粥的老鼠屎。

殷宇沒再多說，鏡片下的目光重回螢幕上，讓他等候已久的重頭戲終於上場。

畫面中，沈莉提著水桶來到一只箱子前，她很快的取出了飼養箱，飼養箱中再也沒有鋪滿葉片，只有一個掌心般大小的物體正蠢蠢欲動。

沈莉將飼養箱輕輕的放在腿上，打開蓋子，另一手便伸向旁邊的水桶、往內一撈。接著，抓滿絞肉的手緩緩的移到飼養箱上空。

「拜託，拜託千萬別這麼做——」

就在沈達眨眼的那一剎，殘留血水的碎肉便如雨紛飛，經由沈莉的手灑進了飼養箱。

「不……」

沈達的視線死死的釘在螢幕上，和所有人一樣，他親眼看見沈莉不斷將碎肉灑進飼養箱，飼養箱裡頓時沾滿了濃稠的血水，就像潑了一盆紅色的墨水，洋洋灑灑的灑進沈達最不願見著的區域。

嗅到腥味的蜘蛛直撲向前，像是恨不得埋沒在這一片血肉之中，透明的牠也染了一身紅，附屬肢正忙著磨碎，沒有一刻閒下。

畫面透過鏡頭傳到了柳阿一的眼中，他的胃袋又是一陣翻騰，深怕歷史重演的他試著調整呼吸，想反胃的感覺確實是沖淡了點，但是他無法抑制一個念頭不停的從腦海深處跳出來。

他果真如殷宇之前所說——

看到了一張臉。

他好像在那隻蜘蛛身上，看到一張不屬於蜘蛛的人臉，似乎已不是第一次的關係使他格外覺得有些莫名熟悉。

柳阿一用力的眨著眼，心想一定是自己看錯了，就算要幻覺也該看到火辣的比基尼美女，而不是在一隻蜘蛛身上看見人臉。

可是，這人臉該死的清晰是怎麼回事？他幾乎可以清楚的指出來，那張臉上有著一對眼窩深陷的雙眼，外國人般高挺的鼻梁，以及一張毫無血色的薄薄雙唇……

一切，都鮮明的讓他無法忽視。

「夠了……真是夠了！我要去阻止她！我要去阻止她繼續這麼做下去！」

沈達已達到情緒的臨界點，臉色漲紅的他奪門而出，閣樓的房門應聲甩開。

「等等……！」

殷宇正要追上去，卻被柳阿一一手抓住。

「柳阿一？你的臉色怎麼變那麼慘白？」

殷宇回頭一看，便見柳阿一半跪在地上，臉上滿是豆大的汗珠，雙唇發白。

「要小心……我、我又在那隻蜘蛛身上看到那張臉了。而且這次……很清晰啊！」

柳阿一微喘著氣，其實就連他也不明白自己為何會突然變成這副德性，還是說直到現在他才發覺自己對蜘蛛一類很感冒呢？就像有些壯漢的天敵是小強一樣。

可是，說到底好像是一見到那張臉，他全身的力氣都會被吸走似的，導致整個人頓時疲弱不振，像個奄奄一息的病人。

「臉……？我知道了，你先在這裡等著，我怕沈達會做出什麼衝動的事來。」

殷宇先將虛弱的柳阿一扶到椅子上，有些不放心的再看一眼，隨即離開了柳阿一的視線範圍。

坐在椅子上的柳阿一用手撐著額頭，儘管視線變得有些朦朧，但他仍繼續盯著監視器的畫面。

至於那張出現在蜘蛛身上的人臉，在他的眼中不曾消失。

△▽　△▽　△▽　△▽　△▽

今晚的夜色比平時來得昏暗，月光彷彿被重重雲層吞食殆盡，連一絲絲的光線都無法倖免。前些日子裡常聽到的蟬鳴與蛙叫，今兒個也銷聲匿跡，好似萬物都躲了起來。

深夜裡，農場連一盞路燈都沒有，追至外頭的殷宇只能憑感覺摸黑前行，一路上都被有刺的草扎得全身發癢。

這時，他見到不遠處正傳來明亮的燈光，心想那肯定就是農舍的位置，沈達可能已早一步抵達、打開了農舍裡的大燈。

還未真正踏進農舍，來到門外的殷宇便先聽見一句怒吼。

「沈莉，妳好大的膽子！竟敢不聽我的話！」

透過門縫，殷宇窺見怒氣沖沖的沈達手一伸、毫不客氣的指著自己的女兒。

「爸、爸爸？」

沈莉回過頭來，洋娃娃般的臉龐露出一絲驚愕，水藍色的眸子瞪大如牛眼。

此刻的沈莉一點頭緒也沒有，她完全無法理解為何父親會出現在這裡，整個人愣愣的僵在原地，兩眼發直的盯著自己的父親。

「沈莉，妳知不知道自己在做什麼？妳知不知道妳在做什麼蠢事！」

盛怒的沈達走上前，一把抓起沈莉沾滿血水的手，紅色的肉汁連帶流到沈達手中。

她現在明白了，父親是為了自己違背規定而如此憤怒。

「爸、爸爸，我只是……」手腕被沈達掐得緊緊的，沈莉痛得瞇起眼，眼眶泫然。

「只是什麼？我剛把伯汀帶回來的時候，妳是怎麼答應我的？妳信誓旦旦的跟我說不會違背規定，結果呢？妳現在這隻手拿的是什麼！」

沈達用力將沈莉的手腕拉高，幾塊黏在掌心的絞肉立即脫落、掉到了滴落斑斑肉汁的乾草地上。

「跟妳說了多少次？千萬不得餵食葉片以外的東西！看妳做了什麼好事……！」

「我做了什麼？我不過是餵伯汀想吃的東西而已！爸爸，哪有蜘蛛只吃葉片生存的道理！」

沈莉突然用力推開對方，強大的反彈使她踉蹌的往後退去，她轉身一把抱起飼養箱，將它緊緊的環在手臂之中、緊貼胸口。

「妳這是在幹什麼？反抗我了是嗎？規則就是規則，破壞規則可是會——」

「會怎樣?就算餵了什麼事也沒有啊!」

不給沈達說完的餘地，豁出去的沈莉一口回堵對方。儘管淚水已在眼眶裡打轉，她仍努力的不使之奪眶而出，因為唯有伯汀的事，她絕對不能退讓。

「很好，現在說話比我大聲是吧?我就是因為太寵妳才將伯汀帶回來……今天我非給妳一個教訓不可!」

氣到全身都在顫抖的沈達手一揚，舉高的手掌就要往沈莉臉頰揮去。

「啪!」

應聲響起的，並不是巴掌落下的聲音。

沈達手心揮下的瞬間，沈莉懷裡的飼養箱突然一個翻動，連同蓋子掉落在地。下一秒，掌心大小的身影竄到沈達跟前，張開滿嘴的尖牙就往沈達的腳趾咬去。

「嗚!」沈達痛得迸出一聲哀鳴，他舉起被咬的那隻腳跳來跳去，幾滴鮮紅的血珠也隨同甩落而出。

目睹一切的沈莉不禁摀住雙唇，她眼睜睜的看著痛不欲生的沈達跌坐在稻草堆中。

咬傷自己父親的凶手，正緩緩的爬回她的腳邊……嘴邊還啣著一節染血的腳趾頭，像是牠帶回的戰利品一樣，不過隨後就被牠一口吐出，似乎是示威的目的已達到。

同樣見到這一幕的殷宇，儘管自己沒有立場現身，還是趕緊從門外進入，急忙上前攙扶受傷的沈達。

「沈先生忍耐一下，我立刻將你送醫。」

邊聽沈達痛苦的哀號聲，殷宇的視線則落在前方沈莉身上。見她一臉徬徨、不知所措，微張的雙唇好似欲言又止，他移動目光，盯著已回到飼養箱內的蜘蛛身上。

雖然他不像柳阿一一樣在那隻蜘蛛身上見到可疑的「人臉」，但此時，這也許是他一廂情願的看法……

那隻蜘蛛正以勝利者自居，有著一張驕傲自滿的表情。

△▽　△▽　△▽　△▽　△▽

殷宇沉默不語的看著地面。在他對面的柳阿一則抓著頭，表情複雜。

「沈達也真不幸，好在腳趾頭最後還是接了回來，要不然他可真會終身遺憾啊。」柳阿一邊說，邊低頭看著自己的腳趾。

「以我看來，也許那隻蜘蛛是為了保護沈莉才這麼做。」殷宇想起當時的情況，若有所思的說著。

「那還真有人性。」柳阿一那時雖不在現場，卻是透過監視器完整的目睹了一切，他永遠都忘不了，蜘蛛咬斷沈達腳趾頭的畫面多怵目驚心。

「雖然發生了這種意外，但我們現在有了立場可以詢問伯汀的事。」

殷宇的背仍抵在牆上，鏡片下的目光拉得好長、好長。

「沒錯，我很高興他沒藉口告我們了……對了，有樣東西我要給你看一下。」

柳阿一起身走向書桌，從抽屜中取出兩人再熟悉不過的物品。

「勾魂冊又有新動向了？」殷宇從柳阿一手中接過綠色封皮的小冊子，翻開一看。

「就在昨晚過後，這本冊子又新增了內容。我常在想啊，這玩意該不會是什麼臉書之類的東西，竟然還會不定時更新咧。」柳阿一抬手摸摸自己兩天沒刮的鬍渣，磨擦出沙沙的聲音。

「為了不聽話的蜘蛛，她最終破壞了我的規定。啊，懲罰將至，而我將有所收割……」殷宇照本宣科唸了一遍，然後似乎有些意外的抬起眼來看向柳阿一。

柳阿一則朝殷宇肯定的點了點頭。

「很明顯了，這次的內容足以證明一件事──勾魂冊裡提及的『她』確實是沈莉外，讓勾魂冊新增內容的關鍵點，則是那隻名叫伯汀的蜘蛛。」柳阿一繼續說道：「起初，原以為冊子是根據我的行動而有所發展、新增敘述。但經過這一次蜘蛛咬人的事件後，我才發現內容是跟著沈莉與那隻蜘蛛流動。」

「勾魂冊，沈莉與那隻透明蜘蛛……這三者到底有何關聯？」殷宇不禁皺起眉頭來。

「我想，說不定是勾魂冊原本的主人，與沈莉和這隻蜘蛛有所過節。當然，勾魂冊的主人肯定不是一般人類……」對於勾魂冊的超自然現象，從一開始的震驚害怕，到現在習以為常的柳阿一，無奈的聳了聳肩。

「那麼，現在還有另一個問題。」殷宇抬手推了推眼鏡，「你說，你從那隻蜘蛛身上看到一張人臉，那又是怎麼回事？我可是什麼也沒看到。」

「哎，這問題就連我也想知道。該怎麼說呢？剛開始見那隻蜘蛛只吃葉子的時候，還沒從牠身上看到什麼人臉。直到沈莉餵食碎肉以後……我就見著那張猙獰的臉了。」柳阿一抓抓後腦勺，也是為此困惑不已。

「也就是說，這張臉是在沈莉破壞規定後才出現的……你能不能描述一下，那是一張長得怎樣的臉？」

「你問話的方式很職業病喔，警察大人。」柳阿一訕訕的笑了笑，挑了挑眉頭。

「這不是一時間改得了口的，你快回答我的問題。」殷宇皺了皺眉頭。

「是是是，警察大人。那張臉嘛……印象中眼窩很深，鼻梁很挺甚至有點鷹勾，看起來很老外的臉。嘴脣很薄，沒有血色，挺陰森森的感覺。」

柳阿一的眼珠子往上轉，認真的回憶當時所見到的臉孔。

「你能判別那是男人還是女人的臉嗎？」

「這個嘛，坦白講模樣很模糊，一時間看不出來他是男是女。」柳阿一一手搔著下巴，面有難色的回答。

「是嗎？那還真可惜。」殷宇的背部終於離開牆面，他放下勾魂冊，轉身要走。

「喂，那關於勾魂冊新增的內容……你有沒有什麼打算？勾魂冊提到的東西，全都一一實現了啊。」柳阿一將勾魂冊拿在手中，不安的眼神掃過「懲罰將至」四字之上。

「想聽我的打算嗎？」

已將門推開的殷宇，停下腳步。

柳阿一則注視著殷宇的背影，疑惑的眼神中摻雜一些好奇。

「我的打算就是，儘早離開這裡，離得越遠越好。」

「等等，這就是你的打算？當個臨陣脫逃的懦夫？」柳阿一叫住即將離去的殷宇，他握緊手中的勾魂冊，態度有些激動。

「這叫明哲保身。不然，你覺得我們有解決這件事的能力嗎？」停在門前的殷宇沒有回過頭，語調冷冰，就像他與柳阿一初次見面時那般漠然。

「或許我們沒能力解決這件事，但我們可以防止這樣的事發生啊！」

柳阿一將勾魂冊拿至胸膛的高度，「別忘了，我們還有勾魂冊！雖然它邪門得很，但是，它會提前告訴我們即將發生的事情。換句話說，在內容實現之前會有一段時間，我們是有機會阻止的！」

眼看殷宇似乎不為所動，柳阿一不管有沒有喘口氣的餘地，又急著道：「目前為止，發現事情不對勁的人只有我們，知道會有大事發生的也只有我們。難道你能眼睜睜的看著大家送死，卻自顧自逃跑嗎？就算逃過一劫又如何？你之後的日子良心會安嗎！」

一鼓作氣將所有的話吐出，柳阿一握緊拳頭，他恨不得一拳打醒眼前的殷宇。雖然他平時為人吊兒郎當，但他明白什麼時候該挑起責任，什麼時候該為身邊的人付出。

現在，遠山農場所有人的生命安危就繫在他們倆手上……他怎麼可以在緊要關頭的時候，轉頭無視？

「你之前好歹是個刑警吧？不管是刑警還是警察，都是人民的褓姆不是嗎？難道你要見死不救……」

「我就是這樣才辭掉刑警的工作。」

沒有第二句，殷宇硬生生打斷了柳阿一的話。

僅僅只是驚鴻一瞥，柳阿一似乎在殷宇的眼底見到一種複雜情緒，轉瞬即逝。

殷宇他……難道，過去在擔任刑警的時候發生了什麼事嗎？

這是柳阿一心底冒出的念頭。

「……抱歉。」

對於突如其來收到的歉意，柳阿一有些愣住。

殷宇推了推眼鏡，輕輕的嘆了一聲，轉過身來，不再用疏遠的背影面對柳阿一。他緩緩開口道：「看在你口沫橫飛的分上……我就再陪你一段時間吧！誰叫我是你的助理編輯。」

「那麼，你的意思是……」

「就這麼一次，之後若情況不對，我還是會選擇離開，別怪我沒提醒過你。」

看著柳阿一，殷宇心想這人比想像中還來得單純，喜怒哀樂全明顯的寫在臉上。

看了看牆上的時鐘後，殷宇突然想到一件重要的大事。

「是說，你的稿子進度呢？」開門見山，殷宇板著一張臉問道。

「咦！」

「咦什麼咦？今天可是給你一整天的時間，你該不會連標題都還沒想吧？」

「咦咦！你、你怎麼知道……」

「柳先生阿一，如果你想要方編輯親自到場監督，我相信他是一通電話隨傳隨到。」

殷宇立刻從口袋裡拿出手機，「順便告訴你，方編輯的電話我設定了直撥鍵。」

「嗚哇，別、別按啊！我現在就開機寫稿，現在馬上立刻！」

連抱頭的餘地都沒有，柳阿一立刻衝到書桌前打開筆電，雙手合十不停祈禱CPU的速度能像原子小金剛一樣快。

「哎呀，不好意思一個手滑，已經開始撥號了。」

殷宇還加大手機音量，電話另一頭傳來的行動答鈴，正是讓柳阿一作夢都會夢到哭的阿大專用鈴聲——許多功德無量師姐們助念必備的往生咒。

「嗚喔喔，阿大鬼差別接啊！這裡不是枉死城你不要隨便接通啊——」

當柳阿一急得想砸爛開機超慢的筆電時，窗外突然驚傳一聲慘叫，打斷了他的思緒。

「剛、剛剛你有聽到吧？」柳阿一回過頭來，眼神愕然的看向殷宇。

殷宇和柳阿一互看一眼，兩人的臉色都拉了下來，一種不安的低氣壓正在醞釀。

「你這麼晚打給我的可能只有一個，一定又是柳阿一那傢伙拖稿了對吧？喂？殷宇？你有沒有在聽啊？」

沒有人理會已接通的手機，在空無一人的客房內，方世傑的聲音不停的在黑暗之中反覆迴盪……

VII

懲罰將至

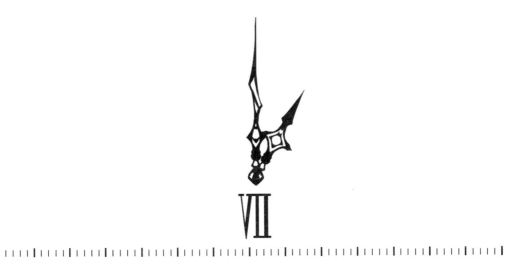

肌膚明顯感受到今晚的風比起平時來得刺骨，邁入不惑之年的警衛用手臂環住胸口。

明明是仲夏之夜，今天的氣溫卻明顯驟降，是一種沁入骨子底的陰涼，僅管身穿一件薄夾克也還覺得透心的冷，讓他懷疑現在根本不是真正的夏天。不知是否因為天氣的關係，他心裡頭總是縈繞著一種急躁與煩悶，這種感覺就像是即將發生什麼事一般。

他討厭這樣的感覺，好比一顆大石頭壓在心口上卻無法移開，沉沉悶悶的，使人更加心煩意亂。

低頭看了看電子手錶，午夜十二點，該是他去巡邏的時候了，只要巡邏結束，他絕對要以最快的速度回到員工宿舍、不顧一切倒頭就睡。

現在，他只要和往常一樣，將所有農舍巡查一遍就可以了。

抬起腳步，掛在腰間的鑰匙串鈴噹作響，在寂靜的曠野裡很是刺耳，他過去都不覺得，原來鑰匙的撞擊聲音能讓人如此心神不寧，他索性將鑰匙串收進口袋，緊緊一壓，直到它們發不出聲音來。

令人心煩的鑰匙撞擊聲沒了。

取而代之的是，一道淒厲的豬隻慘叫聲。

「怎、怎麼回事？」

他愕然抬頭，對於赫然收到的聲音感到震驚，這個時候並不是農場屠宰的時間啊！肯定是發生了什麼事。

當然，身為警衛的他得第一時間前往查看，就算心中有股強大的不安。

朝著聲源處而去，他來到豢養豬隻的農舍前，發現農舍大門是敞開的，向前一看發現鎖頭受損，顯然是被外力強行撬開。

怎會有人在這時間闖空門？

就算要闖，也該是到老闆的臥室，或者是金庫之類的地方……夜半時刻闖入豬圈，這種想法他無法理解。

儘管一頭霧水，他還是小心翼翼的推開門，握緊手電筒進到豬圈之中。

豬圈裡的空氣很不好聞，各種惡臭都混雜在一起，他無法辨認，也不想辨認這些氣味究竟是什麼。

向前走了幾步，他開始覺得腳底濕黏濕黏的，好像踩到什麼黏稠的液體，他想這應是豬的排泄物，身為農場警衛的他早已習以為常、不以為意，於是頭也不回的繼續往前。

這樣的念頭，直到手電筒明晃晃的燈光照到底後，他才明白自己徹徹底底的錯了，而且錯得太過離譜。

「這是……！」

手電筒應聲脫落，一隻手不知所措的懸空，另一隻手則不顧手套有多髒，緊緊的摀在自己的嘴上。

「發生什麼事了？」

就在這時，門外突然闖進兩道不速之客的身影，作為其中一位來者的柳阿一第一時間衝到警衛身邊，有些上氣不接下氣的詢問。

被問話的警衛卻毫無回應，整個人像灌了水泥的雕像，動也不動的僵在原地。

尾隨柳阿一而來的殷宇，彎下腰、拾起掉落在地的手電筒，手電筒的電源一開，黃澄澄的燈光頓時揭開驚人真相。

「天啊……」

不只是警衛，現在就連柳阿一都傻了眼。在他身後的殷宇，鮮少有表情變化的臉上，有那麼一瞬間眉頭也蹙了一下，雖然很快又撫平成平常的模樣。

因為在光線照下的瞬間，一幅怵目驚心的畫面跳入他們眼簾。

從警衛所站的位置，一路延伸到前方被打開的柵欄旁，一灘灘血水像在地上盛開的紅花，鮮豔而悽愴。

血花最盛之處，就是被染紅的柵門前，一隻肥碩豬隻倒臥的地方。

橫躺在地的豬隻睜著眼，舌頭半截吐露在外，表情正強烈的訴說牠死不瞑目。牠的四肢被分解，白色的骨頭裸露在外，胸腔最為鮮美的肥肉全數不見，就連裡頭的臟器也清得一乾二淨。

「這……到底是誰下的毒手？」

柳阿一不忍再看，他別過頭，目光對向身旁的殷宇。

殷宇湊近豬隻的屍體，蹲下身，似乎在搜索可能遺留在上頭的線索。

「前刑警大隊的，你發現什麼了嗎？」

這個時候的柳阿一，不得不對殷宇起了一絲敬意。這傢伙真不愧是刑警出身，能帶著一副無懼的表情湊近屍體，甚至蹲在前頭仔細端詳。

「根據我的經驗，我認為……」

殷宇的話才到一半，門外突然闖進一道身影、急急忙忙的朝殷宇等人而來。

「又是你們！」

挾帶著怒氣沖沖的情緒，沈達拄著枴杖來到柳阿一等人的面前。由於前陣子腳趾的傷口尚未痊癒，現在的沈達走起路來都有些一跛一跛的。

他稍微眺望一看，柵欄前那血淋淋的景象同樣躍入眼底，他當下顯得更為憤怒了。

「好端端的一頭豬怎會變成這樣?說，是不是你們做的好事！」不分清紅皂白，沈達劈頭就罵，怒視柳阿一等人的目光好似要冒出火來。

「誤會啊，沈先生。」柳阿一有些莫可奈何的扶著額頭，「我們不過是握筆維生的作家與編輯，這輩子還沒拿過屠刀呢……你說，這樣的我們做得成這種事嗎?」

「哼，如果不是你們的話，為什麼大半夜的會出現在這裡?」沈達冷哼一聲，相當不以為然。

「我們也是聽到慘叫才趕來現場，沈先生。」殷宇站起身，鏡片下的目光依舊冷靜。

「是、是啊，老闆，這兩人確實是後來才到……」終於回過神來的警衛，儘管面色還是如蠟像般慘白，顫抖著聲音也要向沈達稟報事實。

沈達挑了挑眉頭，半信半疑的問：「意思是，你才是第一個出現在這裡的人？」

「是、是的，老闆。」

「很好，那你為什麼要做出這種事？」二話不說，沈達立刻將罪名定在警衛身上。

「老闆您誤會了！我只是剛好在附近巡邏，一聽到聲音就趕來查看……一到這裡時，那頭豬就已經是這副模樣了！」警衛急著為自己辯解，他可不想因為這種莫名其妙的事而丟了工作。

沈達正想開口，放在腰際上的手機突然鈴聲大作，打斷了原先的計畫。

接起手機的瞬間，沈達的臉色立即一垮。

「你說什麼……？」

沈達倒抽一口氣，兩眼瞠得又圓又大。

這景象看在柳阿一眼裡，心想恐怕又有什麼事發生了，因為同樣的表情，他曾在沈達目睹女兒破壞規定時撞見過。

沈達沒有第二句話，連忙收起手機、轉過身，帶著慌忙的神色逕自離開眾人視線。

「現在，你打算深入下去嗎？」

身後傳來殷宇的問話。

「當然，因為我的心裡頭仍縈繞著不安。」

柳阿一邊回答了殷宇的問題，舉起的腳則小心翼翼的越過血漬、抵達農舍的出口。至於豬隻那邊，已由警衛請人來處理善後。

踏出農舍，迎面而來是一片幾乎不見五指的漆黑，直到現在月光仍像鬧脾氣的孩子，堅持不肯出來見人。

視野不佳，柳阿一難以在廣大草原中尋覓沈達的蹤影，幸好跟在後頭的殷宇帶來了手電筒，光照之下終於找到了目標。

「才一下子的時間就跑得這麼遠，他真是腳受傷的病人嗎？」

「我想如果是你的腳受傷，從編輯眼中逃走的速度也不會減少一分。」

「……有必要在這時候刻意吐槽我嗎？」

要不是怕跟丟沈達，柳阿一實在很想回過頭狠狠的瞪上殷宇一眼。

殷宇只是冷冷的推了推眼鏡，「是說，沈達已進到另一間農舍內，你還不加快腳步嗎？」

「什麼？又是去農舍？」柳阿一似乎相當意外。

兩人很快來到位於另一隅的農舍。

這次，他們選擇悄悄的躲在窗邊，隔著一道屏障窺視裡頭種種。

「老闆、老闆！您可終於來了！」

早在沈達進屋前，就有一名女子站在入口處等他，她一見到沈達，就神色倉皇的跑上前、張著嘴巴像是急著想說些什麼。

柳阿一瞇眼一看，那不就是他朝思暮想的櫝檯小姐嗎？

反觀殷宇，鏡片下的目光則鎖定在沈達身上。

只見沈達戰戰兢兢的走往女人指引的方向，最後，停在一個被白布覆蓋的物體前。

白布上，到處是鮮紅的汙漬，垂下來的一角還淌著紅色水珠。

歷經剛才的事件後，不管是在外頭窺探的殷宇、柳阿一，還是正在裡頭面對的沈達……他們都知曉答案已呼之欲出。

女人走近白布所覆蓋的物體，削瘦的肩膀明顯顫抖著，因為第一時間發現的她，比誰都清楚明白，這白布底下的東西是什麼。

她緩緩的伸出手，可手卻抖得更加厲害。她緊咬著下唇試圖要克服恐懼，然後緊閉雙眼，一鼓作氣「刷」的一聲將白布拉下，出現的畫面是……

一頭被開膛破肚的黃牛。

沈達不敢相信的睜大雙眼，他怔怔的看著前方駭人的景象。數分鐘前才損失了一隻豬，現在又以同樣殘忍的方式失去一頭牛……他完全無法理解，遠山農場中究竟有誰的手段如此凶殘。

眼神一掃，沈達在牛隻身旁發現了一樣東西。

「那裡好像掉了什麼東西，將它撿來給我。」沈達伸長脖子一看，手指向陷在血汙之中的銀色物體。

即使心底有千萬個不願意，被使喚的一方還是硬著頭皮照做，彎腰撿起地上的項鍊。

她稍微翻看一下項鍊，不禁驚呼：「啊，這、這不就是小姐要我來這裡找的項鍊嗎？」

沈達一聽，立刻從女人手中奪走項鍊，平放在自己的掌心上一看究竟。

「不會錯的，這真是小姐平時戴在身上的項鍊，我之前還親手幫她戴過！」女人忙著肯定的點著頭，沒發現沈達的臉色已一片慘綠。

「快……我得快去沈莉那裡！」

握緊手中的項鍊喃喃自語著，沈達現在恨不得立刻飛奔到沈莉的身邊，因為腦海內有道聲音正告訴他——

他最寶貴的女兒將是下一個受害者！

如此可怕的念頭就像病毒一樣，同樣感染到窗外窺視的兩人。僅隔一扇窗，柳阿一和殷宇當然也知道事情的嚴重性，尤其以柳阿一的神色最為緊張。

「我們也快跟上吧，搞不好沈莉真的出了什麼狀況！」

「不，我不走。」

和著急的柳阿一不同，殷宇斷然拒絕柳阿一的要求。

「不走？」

都準備好要衝出去的柳阿一，為了殷宇這句話而急踩剎車，他愣愣的回過頭，對著殷宇投以不解的目光。

「我得留在這裡找尋線索，趁沒有人妨礙的時候。沈莉那邊，有你和沈達就夠了。」

殷宇冷靜抬手的推了推眼鏡，目光轉向已無人蹤的農舍。

「好吧，那你自己也小心點，天知道你會不會是下一個受害者。」柳阿一拍了殷宇的肩膀一下，旋即往民宿的方向前進。

「受害者……嗎？若有那可能的話，我倒想試試看呢。」

在一片漆黑的夜色下，殷宇冷冷的揚了揚嘴角。

△▽　△▽　△▽　△▽　△▽

「沈莉！」

沈達一把推開房門，房內則是一片不見五指的昏暗。

「爸爸？」

直到沈達開了燈，沈莉才從床上坐起，一手抱著枕頭、一手揉著惺忪的睡眼。

「妳……沒事？」

看沈莉完好無事的坐在床上，沈達有些錯愕，卻也得到了踏實的心安。無論如何只要自己的女兒沒事就好，沈達是這麼想的。

「難道發生什麼事了嗎？」沈莉側著頭，睡亂了的金髮散漫的垂在胸前。

「不，什麼都沒有，妳沒事就好……」

沈達勉強的笑了笑，頓時只覺得全身無力，一跛一跛的走到椅子旁，像洩了氣的皮球頹然坐在椅子上。

「沈莉小姐！」

人未到，聲先到，柳阿一急切的呼喊快一步傳到沈莉耳裡。

「妳、妳沒事吧……咦？」

跑得上氣不接下氣的柳阿一，在見到沈莉的現況後一愣。沈達也因柳阿一的突然現身，眉宇之間流露出訝異的神色。

「你們到底是怎麼了？為什麼都問我有沒有事？」

沈莉困惑的眨著眼，眼底還殘留著朦朧的睡意。懵懵懂懂又帶些許提心吊膽的模樣，看在柳阿一眼中實在使人更生憐愛，不過就目前的情況來說，他柳阿一可不能在此曝露自己的想法。

「這說來話長……不過，沈小姐平安無事就好。」

柳阿一有些尷尬的拍拍後腦勺，刻意避開沈達的目光，別過頭去。

「咳，沈莉啊。」沈達清了清喉嚨，「這是妳的項鍊對吧？這條項鍊，妳平時總是不離身的……爸爸發現它掉在農舍裡，所以把它拿還給妳。」

從口袋裡取出一條銀灰色的項鍊，在這之前沈達已擦拭過上頭的汙漬，整條項鍊和往昔一樣亮麗璀璨。

沈達實在不忍告訴自己的女兒，數分鐘前這條項鍊還浸泡在黏稠的血水之中，因為這條項鍊……

是「她」留給女兒的遺物之一。

「啊，謝謝爸爸。為了找它我費了好大一番功夫，還拜託櫃檯的姊姊幫我尋找呢。」

沈莉從父親手中接過項鍊，鍊子就像一條彎曲的銀蛇，靜靜的蜷縮在沈莉的手中。沈莉落在項鍊上頭的目光，相當的高興。無論項鍊是否出身昂貴，從沈莉的神情來看，這項鍊對她而言自是相當重要且珍惜的。

「那麼，沒事的話我先走了……」

柳阿一正想三十六計走為上策，但轉身的瞬間，他的餘光似乎掃到了什麼東西。他愣愣的回過頭，目光緩緩的往下沉，一直沉到沈莉的床鋪底下。

床底下一片黑漆，除此之外似乎什麼也沒有。只是柳阿一很在意，很在意他方才驚鴻一瞥見到的影子……

就是從沈莉的床底下冒出來的。

「柳先生？」沈莉注意到柳阿一異樣的神情，輕聲詢問。

「哼，不是要走了嗎？還杵在這裡做什麼？」打從心底認為柳阿一是個麻煩，沈達沒好氣的捻了捻自己的八字鬍，不給柳阿一好臉色看。

無論是誰的聲音，此時都傳不進柳阿一的耳裡，他全神貫注，目光一直緊緊的盯著前方，也就是沈莉的床下。

會是他的錯覺嗎？有那麼一瞬間，床鋪之下似乎有所動靜。

柳阿一本想再看下去，卻發現沈莉將雙腳著地、睡衣的裙襬遮住了床縫，繡著浪漫蕾絲的裙襬上沾有些許的髒汙。

「爸爸、柳先生，雖然我不知道發生什麼事，但很感謝你們專程來看我。現在很晚了，我也很累了，所以能不能請你們離開呢？」沈莉目光堅定的委婉說道。

既然主人已下了逐客令，柳阿一向沈氏父女欠身致意後，轉身離去。

△▽　△▽　△▽　△▽　△▽

獨自一人走在漫漫長廊上，柳阿一想起還留在現場蒐證的殷宇。

「不知道那傢伙找到線索沒……」

記得分道揚鑣前，殷宇似乎想跟他說什麼，只是當時沈達突然闖入，害他現在就像被吊胃口的觀眾，心癢難耐的想趕緊知道答案。

柳阿一撓了撓後腦勺，在他決定去找殷宇之前，要找的對象已早一步來到眼前。

「殷宇？」

真是說曹操，曹操就到。柳阿一忽然覺得殷宇這傢伙挺陰魂不散的，有這種人當他的編輯之一真是前途堪憂。

「如果你想知道一些事情，就跟我來。」

沒等柳阿一的回應，殷宇留下故弄玄虛的字句，便先行回到自己的房間。

「就只會命令人。」

柳阿一的嘴巴抱怨歸抱怨，提起的腳步還是跟著殷宇前進。

來到殷宇的房間，柳阿一就見殷宇打開筆電，取出西裝口袋裡的手機，再拿出傳輸線分別插上兩者的插孔。

「你這是在幹什麼？瞧你神秘兮兮的。」站著的柳阿一俯瞰著殷宇。

「手機的螢幕太小，用電腦開啟圖檔來看，你會看得更明白。」

謝天謝地，殷宇終於開了他的金口，只不過柳阿一還是不知道殷宇要給他看什麼。

柳阿一拉了張椅子湊過去，雙膝交疊。

「看仔細了。」

殷宇用滑鼠點開圖檔，跳出來的是一張照片，照片的內容頓時讓柳阿一一陣心驚。

「這、這不就是……！」

「沒錯，就是今晚慘遭分屍的那頭豬。」

相較於柳阿一的驚駭，殷宇只是用一種雲淡風輕的口吻帶過。

「再來是這一張。」

滑鼠再次點擊，切換到下一張照片，同樣是讓人反胃的畫面。

「這是……同樣遇害的那頭牛？」

柳阿一忍住轉頭的衝動，就算深知這些照片會傷及他的視力，他在心底暗暗的想著，看完這些照片後絕對要看一打謎片來洗滌心靈。

「殷宇，你拍下這些照片的理由……應該不是拿來當你的個人收藏品吧？」柳阿一嚥下一口口水。

「咦？」

「收藏只是附帶價值。」

咦，柳阿一好像聽到了什麼不該聽見的話。

「以前在凶案現場時，都會有專業的相機拍照存證。可惜我身上只有這支手機，拍下來的清晰度自然遜色許多……不過，這不影響我要告訴你的事。」

「你是說……關於這兩起牲畜分屍案的線索嗎？」柳阿一疑惑的看著殷宇。

「正是。」

殷宇將第一張照片放大，再利用小畫家的紅筆，圈起照片上死豬的耳朵。

「告訴我，你看到了什麼？」殷宇一臉正色的問。

「嗯……這隻豬的耳朵一半不見了，邊緣呈現不規則的鋸齒狀。」盯著螢幕瞧的柳阿一，表情相當認真。

「好，再來是這一張。」

殷宇迅速的將照片切換至下一張，是橫躺在血泊裡的牛隻，並再次用紅筆圈起某個地方。柳阿一聚精會神的看著螢幕，也許是稍微適應了，現在看這些照片也沒那麼恐怖。

「這隻牛的頭部……也是呈現不規則的鋸齒狀。」

就在說出答案的同時，柳阿一恍然明白，殷宇給他看這些照片的用意為何了。

「你該不會想說……這一切並非人類所為？」

柳阿一睜大雙眼，把話說出後其實就連他也不敢相信，自己竟會說出這樣的推論來，難不成長期寫恐怖小說連他的思維都一起獵奇了嗎？

「你還是有聰明的時候，沒枉費你是寫驚悚推理小說的作家。」殷宇的嘴角揚了揚。

果然是一逮到機會就吐槽的惡口編輯啊！

「如果是人類所為，要宰一頭肥碩的豬隻，甚至是一頭壯碩的黃牛，通常都得借用輔助道具，比如說屠刀或者電擊。」

殷宇繼續道：「然而，若是使用這些器具來宰殺牲畜，傷口應該是比較工整的、有規則性的。」

「相反的，這些形狀不一的傷口……就可能是『動物』用嘴巴或爪子撕裂所為？」柳阿一戰戰兢兢的提出自己的論點。

殷宇點了點頭，「以我的經驗來看，這些傷口都屬於撕裂傷。一般人是沒辦法做到的。」

「那，會不會是附近的野狗突襲家畜？以遠山農場處於近郊的位置看來，這似乎也不無可能吧。」

「關於這點，我也調查過了。」殷宇從公事包裡取出一本筆記，「根據遠山農場的資深員工回答，農場設立近二十年來，家畜從未遭受野狗攻擊。」

「你的意思是，既不是人為，也非猛獸所傷……那到底是什麼東西將牠們殺害？」忽然覺得一陣心寒，柳阿一不禁打了個哆嗦。

「這就不得而知了，至少短時間內。」

殷宇將筆記收回公事包中，接著像是想起什麼，又轉過頭向柳阿一道：「也許，我們可以看一下勾魂冊。」

「對喔，說不定它又更新內容了。」

柳阿一趕緊從抽屜中取出勾魂冊，接著打開檯燈，熾白帶點熱度的光線照在泛黃的書頁上。

「沒有新增……？」

柳阿一將冊子翻來翻去，就是沒見到預期的新內容，他將納悶的眼神投向殷宇，殷宇則將勾魂冊拿了過去，托腮思量。

「你想到什麼了？」柳阿一微蹙著眉頭，謹慎問著凝神思考的殷宇。

「勾魂冊的內容還停留在上一段，那就表示……」殷宇將勾魂冊放平在桌上，鏡片下的兩眼正色的注視著柳阿一。

「表示什麼?你快說啊。」柳阿一等得整顆心都揪了起來，急死人了。

「我懷疑，『真正的懲罰』還未到來。」用字雖是趨於保守，但殷宇的語氣和表情卻相當篤定。

「怎麼會……難道今晚的事件不算是種懲罰嗎？」視線不禁落在勾魂冊的內頁，柳阿一膽顫心驚的看著「懲罰將至」四字。

殷宇只是平淡的聳聳肩，「或許，今晚的事情只是道開胃菜，或者像電影播放前的預告片。真正精采的東西……還在後頭等著。」

「嗚哇，拜託你別把話講得那麼恐怖好嗎？你是司馬中原喔！」柳阿一整個人都雞皮疙瘩起來，身體往後一縮。

「總而言之，以上就是我的調查結果。你那邊呢，你不是去見了沈莉？」殷宇只是漠然的推了推眼鏡。

「說到沈莉，我和沈達都白跑一趟了。」

柳阿一搔了搔後腦勺，將當時的種種告訴了殷宇。

「所以，你認為沈莉的項鍊會這麼恰巧的掉在屍體旁？」

「我也不想相信啊，只是在我到場後，沈莉確實好好的待在她的床上睡美人覺，看起來像是一點事情也沒有……啊，對了！」柳阿一像是突然想起某件事，「雖然沈莉平安無事，但有件事我覺得很奇怪……當然，那也可能是我的錯覺，嗯，我最近錯覺特別多。」

「比起你準時交出稿件，任何事情我都不會把它當成錯覺。」

「殷宇，你這種見縫插針的功力也太高。」

「我只是實話實說。快說吧，你發現了什麼事？我不會笑你的。」

「你的態度就不能好一點嗎……」柳阿一無力的抬手扶著額頭，「算了，我就跟你說吧，當我去見沈莉時，有那麼一瞬間，我好像見到……」

「嗯？」

殷宇微微的瞇起了雙眼，柳阿一欲言又止的說話方式，徹徹底底勾起了他的好奇心。

「沈莉的床底下有動靜。」

語畢，兩人間維持了一種詭譎的沉默。

沉默的氣球由柳阿一戳破：「我、我也不是很確定，因為當我想看得更仔細時，沈莉就對我和沈達下了逐客令。」

他抬手摸了摸自己的後頸，「就以我寫小說的經驗來看，這種時候女主角若急著想趕別人走，不是作賊心虛，就是金屋藏嬌……啊，應該是金屋藏野男人。」

「就是這個！」

殷宇突然彈指一聲，這舉動讓柳阿一為之愣住。

「柳阿一，你總是在很無關緊要的狀態下講出事情的關鍵。」

「不好意思，我聽不懂你這句話的意思耶。」柳阿一擺出困惑的臉來。

「沈莉，就是這兩起家畜被殺案的關鍵點。」殷宇果斷的道。

「哈啊?等等，你該不會以為是沈莉下的手吧?她又不是什麼牛頭馬面、凶禽猛獸。」柳阿一搖搖頭，直呼不可能。

「我又沒說她是凶手，我只說她是整起事件的關鍵點。」

殷宇繼續道：「沈莉的項鍊掉在現場這點，我一直想不通。因為如果她也是受害者，項鍊掉在那裡便是情有可原。但是，你回來後卻跟我說沈莉平安無事。」

「不過，若將沈莉當作整起案件的凶手，她也完全不符合造成撕裂傷的條件啊！」

「沒錯，如果要把凶手推給她，確實是無法成立。然而……」

「然而？」柳阿一像是迫不及待的想知道答案。

「倘若——有第三者的存在呢？而這個第三者，又和沈莉有密不可分的關係……那麼，事情也許就講得通了。」

「我還是不懂你的意思。」柳阿一皺了皺眉頭，一時間無法理解殷宇所言為何。

「問題的關鍵就在那條項鍊。如果不是受害者也不是凶手，為何項鍊會掉在現場？這表示項鍊的主人，也就是沈莉在這之前一定到過那裡。」

「那也許是早在發生分屍案前，她就不小心遺留在那邊了啊！」

雖然越聽越覺得可疑，但柳阿一還是不想這麼快懷疑沈莉。在為人處事上，他向來就是比較袒護女性的，何況對方還只是個懵懵懂懂的柔弱少女。

「這點我也設想過了。」

殷宇又是彈指一聲，「不過，你忽略了一點。你說，沈莉在這之前有請櫃檯小姐幫她找項鍊。代表沈莉清楚知道項鍊大概掉在何處，才能叫人幫她找吧？」

面對柳阿一越顯困惑糾結的臉色，殷宇又道：「這條項鍊，對沈莉而言應該很重要。既然是如此重要的東西，為何她要特別請別人幫她找回，自己卻不到現場找找？」

「除非她……不敢回去找？」

恍然大悟，柳阿一簡直不敢相信自己脫口而出的答案。

「恐怕是。依我的猜測，沈莉早知道今晚會發生什麼事……甚至是參與其中。」

「但我還是不懂，你說的第三者和沈莉又有何關係？這個第三者……不是人類的機率很高吧？」柳阿一嚥下一口口水。他很難想像，看起來弱不禁風的沈莉，會和殘忍的家畜分屍案有關。

殷宇嘆了一口氣，「你又忘了嗎？你剛才不是跟我說，沈莉的床底下似乎有動靜？」

「等等！難道你想說——」

「我懷疑，沈莉有包庇凶手的嫌疑。」殷宇壓低了聲音，神情肅穆。

「可是，沈莉為什麼要包庇凶手？何況這個凶手……可能不是人，而是非常凶殘的東西啊！難道她就不怕被殺嗎？」

柳阿一聽得頭都快炸了，事情怎會變得如此複雜？

「也許，沈莉很確定這名凶手不會對她下手……而且，很可能這名凶手是沈莉非常熟識的對象。」

「沈莉非常熟識的對象……」

儘管柳阿一現在還想不出個所以然，但內心的預感再次告訴自己，答案絕對超乎他的常理認知。

「以上，就是我目前所統整出來的推測。」

語畢，殷宇將手伸向房門的方向，鏡片下的目光冷冷的看著柳阿一。

「你這是在幹嘛？」對於殷宇的舉動，柳阿一顯然不明就裡。

「送客的手勢。」面無表情、毫不留情的殷宇如是說。

「哈啊？你這是什麼態度啊？我難道是你呼之即來、揮之即去的傢伙嗎？」

「不然呢？」殷宇挑了挑眉毛，一點讓步的意思都沒有。

「你這傢伙真是……！」

柳阿一都還來不及開罵，殷宇這時突然將筆電收拾好、遞給柳阿一。

「你又在做什麼？這不是你的筆電嗎？」面對殷宇莫名其妙的舉動，柳阿一一愣。

「誰說它是我的筆電了？」殷宇推了推眼鏡，「這是跟你借的——你應該很清楚明白，我要摸走你的東西不是件難事。」

「你到底有沒有身為前警察的道德啊！」

忽然間，柳阿一真想對人民的身家安全至上最大的默哀。

「啊，對了，你回去的時候，記得打開你電腦內的某個資料夾看看。」

殷宇像是忽然想到什麼，提醒了一句，但看在柳阿一眼底似乎又有些刻意。

「某個資料夾內，10G 大小的愛情動作片，剛才不小心被我刪除了。」

「你你你——說什麼！」

晴天霹靂，柳阿一的反應頓時有如被雷打到。

「那些都是我辛辛苦苦蒐集而來的精華！噢，還有精華中的精華啊！」

柳阿一真想抱頭痛哭，但殷宇給他的災難還未結束。

「所以為了表示賠償，我也把珍藏的東西全部 COPY 一份給你了。」

「真、真的嗎？」

眼睛頓時一亮，柳阿一沒想到這看起來禁欲的傢伙，也有世俗男人的一面嘛。

「當然，全都給你了——滿清十大酷刑真實錄影以及各國血腥照片。」

……柳阿一還是覺得自己先去死死比較好。

VIII

蒐證

每天到櫃檯前報到，是柳阿一來到遠山農場的例行公事，不為什麼，就為了一睹櫃檯小姐的美麗容貌。

「啊……這就是戀愛呀……痛！」

「與其一早發春，不如給我去寫稿。」

和柳阿一一同前往餐廳、準備用膳的殷宇，冷不防的踩了柳阿一一腳。

「我是不介意男人吃我的醋啦，但你有必要這麼用力踩我一腳嗎？」

「什麼？你說你喜歡方編輯？沒問題，我很樂意立刻幫你打一通電話給他。」

殷宇二話不說便拿起手機，一旁的柳阿一趕緊阻止道：「別別別！當我沒說、當我沒說！」

也許是想到什麼上刀山下油鍋的畫面，柳阿一的臉色一陣鐵青。

「唉……」

這時，一道輕輕的嘆息，幽怨的傳到柳阿一和殷宇耳裡，兩人順著嘆息聲看去，正是柳阿一心儀的櫃檯小姐所發出。

「怎麼了嗎？一早就唉聲嘆氣的，會讓妳美麗的容顏多點皺紋喔。」

以迅雷不及掩耳的速度衝到櫃檯前，柳阿一一手托著臉，用著他自認不輸成宮寬貴的臉蛋面向對方。

「柳先生你就有所不知了，昨晚……唉，還是別提了，我不希望讓你們這些貴賓人心惶惶。」

櫃檯小姐淡淡的搖了搖頭，臉色光澤明顯比柳阿一剛入住時黯淡，讓柳阿一看著也跟著心灰難過了。

「這個嘛，如果妳想說的是昨晚那兩起悲劇……不好意思，我們也早已得知了。」

「你、你們也知道了？」對於柳阿一得知此事似乎感到訝異，她不禁張大了雙眼。

「深夜的農場那麼寧靜，不想聽到那種慘叫也難。」殷宇這時也湊上前，面無表情的抬手推了推眼鏡。

「唉，果然，也難怪今天一早就有好多人退房了……這樣生意要怎麼做呢？」

她垂下眼簾，目光落在今早退還的一把把房門鑰匙上，身為資深員工的她早已將農場視為自己生命中重要的一部分，看著客人一個個退房不僅是擔心生意上的問題，更讓她有種難以言喻的失落與焦慮。

「那麼，關於昨晚的事……目前有著落了嗎？」柳阿一將身體往前傾，低聲詢問。

對方只是無奈的搖了搖頭，「沒有，完全沒有。這件事老闆也不打算報警處理，他認為要是此事被擴大渲染，會影響遠山農場的名譽。」

「這樣呀，我能明白身為經營者的苦心……」

柳阿一接下來沒再多說什麼，因為他比誰都清楚明瞭，這件事並不是用一般方法解決得了。

「坦白說，我真的好害怕……好害怕自己會不會是下一個受害者。天知道那是什麼兇殘的東西，竟做出這麼可怕的事來。」聲音越顯顫抖，她最後強迫自己深深的吸了一口氣，好讓恐懼的心情遠離些，畢竟在客人面前，她還是身為遠山農場的門面。

「沒問題的。」柳阿一突然合握住對方的手。

「欸？」對於柳阿一突如其來的舉動有些意外，但她似乎也沒要掙脫的意思。

「我們會解決這件事的。」柳阿一堅定的說道，握手的力道也進一步加強。

至於他有沒有趁機揩油的行為，有待商榷。

「真、真的可以嗎？」除了有些意外，她的眉宇之間也流露出半信半疑。

「那是當然的，大丈夫一語既出，駟馬難追。何況我身邊的這位朋友，之前可是個刑警喔。」柳阿一邊對櫝檯小姐微笑，邊向身旁的殷宇擠眉弄眼一番。

「我可沒說要……」

「拜託一下，讓我有個表現的機會嘛。我保證，以後會加倍認真寫稿的啦。」眼神邊對櫝檯小姐投以笑意，柳阿一邊湊近殷宇的耳朵，小小聲的請求著。

「……如果你食言而肥，你的下場就交給方編輯自由發揮。」有些無奈的做出了妥協，殷宇不忘冷冷的瞥了柳阿一一眼。

柳阿一頓時心驚膽跳一下，看來他這次為了女色又得到枉死城報到……啊不對，只要認真寫稿就不會有這下場了。

「放心，交給我們就對了。所以，快把妳的眉頭舒開吧，笑靨才最適合妳這張美麗的臉。」柳阿一先是信誓旦旦的拍胸保證，使出舌粲蓮花把對方騙得團團轉。

「柳先生……真是太謝謝你了！」

「哪裡哪裡，我這人就是正義感比一般人強，能為美麗的女士盡一點棉薄之力是我的榮幸。」

就在柳阿一的四周充滿了LOVE LOVE氛圍的時刻，接待廳的大門應聲開啟，一名穿著宅急便制服、頭戴鴨舌帽的男人走了進來。

「妳好，有包裹要沈達先生簽收。」

男人一手壓低帽緣，向櫃檯的小姐點頭致意，另一手則抱著一個白色紙箱。

「是給老闆的包裹？不好意思，現在老闆不方便來簽收，可以由我代他簽收嗎？我會轉交給他的。」

「是嗎？那就麻煩妳了。那麼，請在這裡簽上沈先生的名字吧。」快遞人員將夾在腋下的板子取出，遞給櫃檯小姐。

「真會挑時間……」柳阿一背過頭，恨恨的暗自抱怨。

快遞什麼時候不來，偏偏挑在他即將擄獲芳心的緊要關頭……可惡的快遞，知不知道妨礙別人戀愛會被馬踢死啊？

柳阿一將充滿怨念的目光掃向快遞人員，從側面的角度看來，這討人厭的傢伙膚色相當雪白，白得會透出血管似的，男人的皮膚可以白皙到這種地步，也算少見了。

可是又說不上為什麼，這人的存在感似乎相當稀薄，不因他那相較一般男性更白的皮膚而增加存在感，縱然站在身邊，也很可能會忽略他的存在。

「這樣就可以了，麻煩妳將包裹轉交給沈先生。」禮貌的致上謝意，像一陣風吹進門來的快遞人員，轉眼又像龍捲風般快速的離開眾人的視線。

「柳先生，我得先將包裹送到老闆的辦公室，先暫時離開一下。關於你願意幫忙的事，我真的太感謝你了。」

櫃檯小姐盈盈一笑，立刻將柳阿一電得七葷八素。也不管人家的身影已漸行漸遠，柳阿一還愣在原地痴痴的看著。

「柳先生，請問你是要看到什麼時候？」

果然有人已經看不下去。

「嘖，你別煩我好不好？看到什麼時候是我的自由吧！你這樣會玷汙她在我心目中的形象。」柳阿一回過頭，沒好氣的瞪了出聲的殷宇一眼。

「與其像個痴漢看著別人的背影，不如趕快去執行你答應對方的事。」殷宇雙手交叉環在胸前，鏡片下的兩眼冷冷的看著柳阿一。

「也對吼！只是……我們現在要從哪下手調查？我們目前得知的線索有限吧？」

「若要進一步調查，我想目前有兩條路可以選擇。」殷宇抬手推了推眼鏡，若有所思的說道。

「兩條路？」柳阿一一臉的納悶。

「第一，先從沈達下手。他是這間農場的負責人，農場的歷史背景只有他最清楚。」

「呃，要和沈達打交道啊？我看還是不要的好……他對我們的印象壞得很，很難對我們鬆口的。」柳阿一搖搖頭，立刻在第一條路放上禁止通行的號誌。

「那第二條路呢？」柳阿一接著問道。

「第二，就是從沈莉那一方進行。」

「喔，這條路還可行。只不過，你認為沈莉會老實的跟我們說嗎？」

「如果事情真的與她有關，她肯定是不會坦白的。」殷宇非常果斷的回答。

「那該怎麼辦？」

「放心，我已經想好一個辦法了。」殷宇的嘴角微微往上揚，「當然，這個方法你也得參與其中。」

留下一抹神秘的微笑，殷宇湊上前對柳阿一附耳幾句，計畫就此展開。

△▽ △▽ △▽ △▽ △▽

「叩叩。」

清脆的敲門聲響，柳阿一站在沈莉的房門前，等待有人前來應門。

當房門緩緩開啟，探出頭的沈莉在見到柳阿一時，臉上的神情顯得有些訝異。

「是你？」張著如晴空般澄澈碧藍的雙眼，沈莉一愣。

「日安，沈莉小姐。」柳阿一客氣的向沈莉打聲招呼，嘴角不忘隨時懸掛著迷人微笑。

「那個，如果沒什麼事的話請回吧……」

沈莉似乎急著想關上門，卻被柳阿一及時將手抵在門前、阻止她關門。

「沈小姐，我有話想跟妳說。」

「……我和你沒什麼好說的。」沈莉垂下臉來，像是一點也不想見到柳阿一。

「沈小姐，我真的有很重要的事想跟妳說。」柳阿一這次加重了語氣，將微笑的表情換下，讓嚴肅的神情取而代之。

「會是什麼重要的事？你竟然破壞我和你約定！當初不是說好了嗎？不讓爸爸知道我拿碎肉餵食伯汀的事。」

沈莉皺起了眉頭，眼神中帶著一種被創傷的憤怒與難過，這讓柳阿一的心不禁感到一陣抽痛。

「抱歉，沈小姐，因為我認為再這樣隱瞞下去也不是辦法……不過，今天我來找妳，是為了告訴妳一件好消息。」柳阿一先是擺出沉痛的表情，緊接語氣一轉、變為明亮。

「好消息？」沈莉一副懷疑的模樣，稍稍的歪著頭。

柳阿一則肯定的點點頭，「嗯，千真萬確的好消息。不過……這件事不方便在這裡談，我們到別的地方說吧。」

「……好吧，我知道了。」沈莉鎖眉思索了一下，最後還是答應了柳阿一的請求。

「那麼就跟我來吧，沈小姐。」

當沈莉從房門內步出後，柳阿一伸長脖子、朝躲在柱子後頭的殷宇眨了一眼。

收到柳阿一的眼神示意，殷宇待前方兩人的背影越行越遠後，立刻來沈莉的房門前，取出開鎖的工具。

「喀擦。」

門鎖應聲開啟，殷宇輕而易舉進入沈莉的房間。

一入內，殷宇將門扉輕輕合上，好讓一切看起來沒有任何疑點。

殷宇先環顧四周，稍微觀察了一下沈莉的房內擺設。粉嫩色系的裝潢，帶點可愛風格的燈飾，以及一張垂掛著公主簾幕的單人床。大略看來，是間充滿女孩子氣的夢幻空間。

殷宇戴上黑色手套，走近那張潔白無比的單人床，他的眼神從床頭櫃開始掃描，一路來到床尾，鋪著柔軟棉被的彈簧床上，並沒有值得讓殷宇留意的東西。

忽然間，他在床單下襬處發現了一樣東西。

「泥土……？」殷宇將土黃色的粉末捻起、在指尖上搓揉。

他想，將整個房間都保持得如此整潔、純淨無垢的沈莉，怎會容忍這點泥土沾上自己的床單？

殷宇轉過頭，看向放在櫥櫃一旁的鞋子，其中有一雙拖鞋特別骯髒。他將鞋子拿起，翻過來看鞋底，果然沾滿了泥濘，上頭隱約還帶點暗紅的顏色。

殷宇將鞋底湊近鼻子一聞，「……是血的味道。」

——這可不是那麼容易沾上的東西。

將鞋子物歸原處，殷宇已經證明了他之前的猜測……無庸置疑的答對了。

沈莉她，案發的時候肯定是在現場。

一個疑點解開了，這下要來追尋另一道問題的解答。

之前聽柳阿一提過，曾在沈莉的床底下見到不明影子，對於這點，殷宇一直是耿耿於懷。他先站在床尾前稍作確認，目測之下什麼也沒發現，於是，他轉而蹲下身，決定匍匐進沈莉的床底下。

他取出手電筒，正要仔細一觀，門把突然發出了轉動的聲音。

「柳先生，你繞了一大圈什麼消息都沒說！如果你要繼續浪費我的時間，請別怪我找人趕你走。」

房門被打開，沈莉站在門前面對著柳阿一。就算溫柔如她，也是有板起臉孔的時候。

「沈莉小姐，我真的很需要妳協助啊……」

正面對著房間內的柳阿一，視線越過沈莉一看，就見到躲在床底下露出一顆頭的殷宇。一邊打眼色、一邊比個簡單的手勢，殷宇急著要柳阿一快將沈莉帶走，千萬不能讓她發現躲在床下的自己。

「柳先生，你到底有沒有聽我說話？如果你不走，我也可以立刻關門！」

沈莉正要轉頭，柳阿一趕緊抓住她的肩膀道：「啊啊！我忽然想起一件事，就、就是關於伯汀的事！」

「伯汀？難道你——」

一提到那隻蜘蛛的名字，沈莉的臉色立刻明顯大變。

「啊、啊，是呀，我就是要跟妳說有關伯汀的事！唉呀，我這腦袋還真不中用，都不斷提醒自己要記得跟妳說的。」

雖不明白沈莉的反應為何如此大，柳阿一還是很感謝上天讓他及時吸住沈莉的目光，沒讓她這麼好死不死的回過頭去。

「沈莉小姐，我想這件事並不適合在這裡談，我們還是另外找個地方說說吧……」

柳阿一將這段話講完後，沈莉臉上儘管帶著半信半疑的神情，抿了抿脣，最後還是很不甘願的踏出房門。

讓沈莉走在前頭的柳阿一，朝躲在床底下的殷宇看了一眼，也快快跟上沈莉的腳步。

有驚無險的逃過一劫，殷宇暫且能鬆口氣，不過，沈莉還是有隨時回來的可能，他非得儘快完成任務才行，否則他跟柳阿一可就吃不完兜著走了。

有些吃力的將身體壓得很低，殷宇一邊打開手電筒的電源，不算太強烈的光源稍微照亮了周圍。

「這是……！」

燈光一照，殷宇不禁倒抽一口氣。

因為跳入他眼簾的景象，是一個個似人、又似野獸的掌印。

向來情緒不溢於言表的殷宇，頓時露出了震驚的神色……不，與其說是震驚，血脈賁張的成分占據了更大一塊。

他的目光有多麼捨不得離開，這烙印在地面上的詭異掌印，這個印記上還殘留有烏黑的血漬、動物的皮屑……甚至有一根不知是人還是牲畜的毛髮。他趕緊從另一個口袋中取出筆刷，輕輕刷過那道印記，最後將筆刷輕柔的收進夾鏈袋。

他也不忘用手機拍攝下來，這將成為他的最新收藏……當然，也是證據之一。

離開床底後，殷宇立即撥了通電話，用著略微興奮的聲音道：「蒐證結束，這次大有收穫。」

隨即掛斷電話，趁著四下無人之際，殷宇悄悄的離開了沈莉的寢房。

△▽ △▽ △▽ △▽ △▽

和柳阿一約好在他房裡會面，殷宇坐在椅上，視線一直盯著手機裡的照片，片刻不離。直到柳阿一敲門入內，殷宇的目光才從手機上移開。

「呼，你都不知道我有多辛苦。想不到沈莉對我的成見這麼深，要把她留住實在花了我不少力氣呢。」

明明沒有流汗，柳阿一還是裝模作樣的抬手擦了擦額頭。

「喔?不是有人說過自己是風流倜儻的情場高手嗎?怎麼連一個小女孩都搞不定?」

「……你什麼時候不記起這個，現在偏偏就想起來了呢。」

「不說這些了，至少我們的計畫成功了。我確實在沈莉的房內找到許多可疑線索。」

殷宇將手機拿給柳阿一看，柳阿一瀏覽過照片後表情大為吃驚，抬起眼來不敢置信的看著殷宇。

「這個掌印到底是……」

在柳阿一眼中，這爪印有著像人的手掌形狀，有著五根手指、指節與掌紋。只是，這手掌似乎比一般人來得大些，更奇怪的是——

這手掌的主人似乎有著相當鋒利修長的尖爪。

「這是在沈莉床底下找到的。所以，我認為你那天見到的東西，是確實存在的。」殷宇的表情頓時變得相當嚴肅。

「天啊，如果真有這種生物，全世界的動物學家不馬上風才怪！」

「請你不要用這種奇怪的病詛咒動物學家。」

殷宇又冷不防狠踩了柳阿一一腳。

柳阿一眼神哀怨的瞪著殷宇，邊揉著可憐的腳尖，邊問：「這麼危險的傢伙，沈莉怎會包庇他呢？甚至還把他帶回房裡去……這種事情，通常不是茱麗葉才會幹的好事嗎？

噢，我的羅密歐這樣。」

「柳阿一，你真的常在不知不覺的狀況下道出真相。」

殷宇彈指一聲，而他面前的柳阿一則一臉茫然。

「倘若，這傢伙是沈莉可以為了他，不顧一切也要守護的對象……包庇這點就完全合理了。你想想看，能讓沈莉這麼做的……會是誰？」

「你是開玩笑的吧？不可能、這不可能的，那形狀可是接近人的掌印啊！你就算要說是……」

柳阿一連連搖頭之際，忽然間有道身影快速的鑽進門縫，溜到柳阿一的腳旁。

「蜘、蜘蛛！」

柳阿一跳起腳來，急忙閃過從他腳邊爬過的蜘蛛。

至於使柳阿一受驚的罪魁禍首，轉眼已不見蹤影。

「不過是隻蜘蛛，你又不是沒看過比牠更奇怪的品種。」殷宇冷冷的挑了挑眉毛，對柳阿一的反應相當不以為然。

「這才不是蜘蛛的問題好嗎？是牠突然從我腳邊竄過，猛然一看當然會嚇著啊！」

柳阿一也明白殷宇的言下之意，確實，和那隻名為伯汀的透明蜘蛛比起來，剛才那隻蜘蛛好像顯得平易近人些……不對，那隻蜘蛛的體型好像比伯汀大個兩倍以上！

蜘蛛惹起的風波還未平復，外頭忽然傳來急切的敲門聲。

「我去應門。」

殷宇走向前，門一開就見一張熟悉的臉孔。

「殷宇先生、柳先生！」

喊出兩人名字的人，正是一臉緊張的櫃檯小姐。

「妳還好吧？看妳似乎很慌張……發生什麼事了嗎？」柳阿一立即湊上前擠開殷宇、主動關切的詢問。雖然他心中的女神終於自己送上門來，不過他從未想到會是在這種緊張害怕的狀態下啊。

對方用一種急迫且殷切的目光注視著柳阿一，「包裹，今天送來的包裹有問題！」

「這位女士，妳先冷靜下來，包裹到底出了什麼問題？」殷宇輕輕的按住對方的肩膀，他的掌心能很明顯感覺到強烈的顫抖。

「我、我將包裹送到老闆的辦公室後，老闆當然是第一時間就拆了它……然後、然後就……！」

她的呼吸越顯急促，這時就連柳阿一也幫著鎮定她的情緒，輕輕握住她的手，給予她溫暖的力量。

「然後——就有一隻相當大的黑寡婦爬了出來，一爬出來就咬了老闆一口！」

女人用雙手掩住臉龐，聲音哽咽，她連連搖頭道：「我們已將老闆送往醫急救了……而我，則是看見那隻黑寡婦往你們這邊跑來……所以才趕快過來通知你們要小心！」

話音剛落，殷宇和柳阿一兩人互看一眼，他們心中頓時都有同一種想法——剛才那隻肯定就是肇事的黑寡婦！

「為什麼，我們遠山農場會接二連三遇上這些事……」她頹然的失去重心，往前倒進柳阿一的懷抱。

柳阿一則看了殷宇一眼，「懲罰將至……」

「終於成真。」用著最沉重的語氣，殷宇的面色相當凝重。

△▽　△▽　△▽　△▽　△▽

將受驚疲累的櫃檯小姐帶離後，殷宇和柳阿一走在回房的路上，柳阿一將帶在身上的勾魂冊取出。

「到目前為止，勾魂冊的內容還是尚未變動。」翻開冊子，掃過一遍內頁文字，柳阿一對著殷宇這麼說道。

「也許是，還未到達收穫的時刻。」殷宇壓低嗓音，抬手推了推眼鏡。

柳阿一嚥下一口水，「那不就表示……未來還有更可怕的事情在等待著？」

想到這，心底就一陣惡寒。

早知道就乖乖聽阿大的話在家趕稿，別來這什麼噩運連連的遠山農場了。

「可是，到底是誰寄這種裝有黑寡婦的包裹給沈達？是沈達的仇家嗎？」

「仇家當然不無可能，但我的直覺更傾向相信……是你那本勾魂冊的原先持有者。你別忘了，勾魂冊的描述角度，是以『我』這個第一人稱觀點出發的。」殷宇回答了柳阿一的問題，眉頭深鎖。

「倘若真是如此，我就更不懂了。勾魂冊的主人和沈達有什麼恩怨嗎？」柳阿一深感疑惑，抬手搔了搔下巴。

「很難說。不過，你不覺得接踵而至的壞事，都是在沈莉破壞規定之後才發生的嗎？」殷宇轉而提出另一個問題。

「所以說，沈達堅持不准餵食伯汀葉片以外的原因是……」

「恐怕沈達早就知道，要是破壞規定就會有所懲罰。只是，可能基於某種原因，他不能將其中的理由告訴別人。」殷宇一邊托腮思索著，一邊將心中推演而出的猜測說出口。

「嗯，總而言之，事情好像都和那隻名叫伯汀的蜘蛛脫離不了關係……」

這時，柳阿一忽然停下腳步，目光一直看往某個方向。

「怎麼了？」

「噓，小聲點。」

柳阿一向殷宇噓了一聲，同時拉著殷宇躲在牆柱後頭。

殷宇順著柳阿一的視線探去，終於明白柳阿一在意的事物是什麼，映入他們倆眼中的景象，是在一派陽光和諧的陽臺前，佇立著一對男女的身影。

陰影遮蔽了高眺男子的面容，璀璨的陽光則將少女的臉龐照得明亮，她輕輕的握著對方的手，櫻桃小嘴彎著甜蜜的上揚弧度。兩人似乎有說有笑，彼此凝望的眼神，即使站在遠處看去也會覺得他們倆深情款款。

「噢，我的沈莉小姐竟然……！」

儘管聲音壓得很低很低，也減低不了柳阿一心碎的強度。

「恭喜你，再次刷新失戀的紀錄。」

只有殷宇是一副不痛不癢的模樣。

「你懂什麼！失戀的滋味是美好而痛苦，甜蜜卻苦澀，像你這種木頭人是不會懂的……只是，和沈莉站在一起的那傢伙是誰啊？」

柳阿一先沒好氣的白了殷宇一眼，接著回過頭細看沈莉對面的那一人。

那個人，好像不曾在遠山農場裡見過他呀！因為要是有比他更帥、更具威脅性的雄性動物，他一定會使盡千方百計去阻止那人接近自己的目標。

「也許是她遠方而來的情人，絕望吧你，蘿莉控。」

「什麼蘿莉控！你在當刑警的時候都在學些什麼啊？」

等陽光稍微照清那男人的臉，柳阿一又忽然覺得，自己好像在哪見過這張臉……可偏偏就是想不起來。

「與其沉浸在失戀的痛苦中，不如化作實際的行動。」

「什麼實際的行動？」

「真不知道是誰，誇下海口要替櫃檯小姐找出昨晚分屍案的肇事者。」殷宇冷冷的看著柳阿一。

「噢，你不說我都忘了。雖然沈莉這隻煮熟的鴨子飛了……啊不是！我是說還有另一位美麗的女士，正等待我這英雄挺身而出。」柳阿一的表情立刻一百八十度大轉變，原先落寞的神情消失得一乾二淨。

「只是……我們要怎麼找出凶手來？」神情飛揚到一半，柳阿一終於意識到問題核心。

殷宇搖搖頭，嘆了口氣，「……附耳來。」

耳邊話一結束，柳阿一的臉色頓時垮了下來，用著不敢置信的口吻問：「我們真得這麼做？」

「英雄，總要付出些代價。」

IX

變異

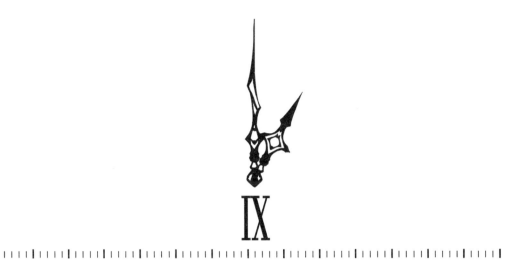

幾乎伸手不見五指，只有一縷冷清的月光透進氣窗，周圍盡是難以入鼻的腥騷味，以及在深夜裡，牛群們熟睡時的深沉鼻息。

靠著殷宇的萬能鑰匙，柳阿一和殷宇進到飼養牛群的農舍內，兩人正藏身在一個視野極佳卻不易被察覺之處。

「喂，殷宇，我們這麼做真的有用嗎？」

儘管抹了綠油精在鼻孔之前，柳阿一還是無法長時間忍受牛舍內難聞的味道。

「守株待兔，是我們警方追緝嫌犯的常用手法。」

「只有你是警察，我又不是……」小小聲的咕噥著，但柳阿一也只能硬著頭皮跟著進行下去。

等了一刻鐘……一小時……甚至到了柳阿一都快等不下去的時候，原先緊閉的大門有了動靜。

透過狹小的門縫，隱隱約約透進外頭一點月光，以及看見一道影子穿了進來。

柳阿一屏住呼吸，殷宇則謹慎的緊盯著大門，片刻也不敢眨眼。

「嘎咿……」

老舊的木製門扉被緩緩推開，一隻比常人寬大的手按在門板上，接著，是一雙長滿黑色絨毛……近似人腿的腳掌踏進門內！

柳阿一知道那絕非來自任何一種他見過的生物。

「牠」，高大的身影，就這麼闖入了柳阿一與殷宇視線之中。柳阿一摀住自己的嘴，他不會像少女般克制不了尖叫，卻還是難以相信自己所見的畫面。

在昏暗的光線下，柳阿一看不清楚「牠」的長相，僅知道那魁梧的身材、滿是絨毛的特徵……就算模樣近似人形，卻絕不是一名普通的人類。

但他也說不上來那是哪一種動物。

他們屏息注視，看著「牠」一步一步逼近熟睡的牛群，對著毫無警覺的牛隻，緩緩的伸出強壯的手臂。僅僅是一剎那，他們見「牠」張開嘴、裸露出駭人的獠牙，一條白色的像蜘蛛絲的條狀物就從嘴中射出，毫無預警的纏住其中一頭牛！

牛隻頓時發出驚慌的叫聲，「牠」卻用著超乎想像的力道，將那頭牛拉倒在地、任憑掙扎，然後被毫不留情的拖往「牠」的所在。

倒臥在地上拚命掙扎的牛隻，瞪大著牛眼看著獠牙朝自己的頸部逼近……

「不准動！」

槍口對準高大的背影，殷宇雙手握緊槍把，與對方正面槓上。

看著殷宇突然衝出去的柳阿一，不知該跟著站出去，還是躲在一旁靜觀其變。只是柳阿一真想吐槽啊，假設對方不是人類，大喊「不准動」是聽得懂嗎？

「再動的話，休怪我不客氣了。」

毫無讓步之意的殷宇，臉上除了謹慎與專注外，見不著一絲的畏懼，然而他那一套用來對付匪徒的話仍讓柳阿一直搖頭。

被槍口對準的高大身影，似乎也無懼殷宇的威嚇，「牠」正要轉頭之際——

「拜託！拜託你別對他開槍！」

就在這時，一道熟悉的身影突然闖入戰局，氣喘吁吁站在農舍門口的，正是殷宇和柳阿一再熟識不過的沈莉。

「沈莉？」

柳阿一不禁喚出她的名字，詫異的眨著雙眼，看著穿著睡袍就衝出來的沈莉。

沈莉一臉驚慌的求道：「求求你，算我求求你不要傷害他！他其實是——」

當答案即將從沈莉的口中吐出，背對殷宇的那道身影緩緩的回過頭……竟是一張與人類無異的臉孔！

「我想起來了！這、這就是我在那隻蜘蛛身上見到的臉！難道說……！」

「是的。」

打斷柳阿一的話，沈莉泫然的眼簾低垂，用著顫抖的聲音輕輕道：「他就是伯汀，我所飼養的那隻透明蜘蛛。」

言簡意賅的一句話，就像晴天霹靂震撼了所有人。

「妳說他是……那隻蜘蛛？」

面帶不敢置信的神情，柳阿一就連問話都變得結結巴巴，在沈莉公告答案的剎那他總覺得自己吞了一打炸藥，在方才瞬間引爆，把他整個人裡裡外外炸得一塌糊塗。

天啊！現在有哪個好心人來敲他的腦袋一下？

噢，即便是阿大也沒關係，就當作是在做功德，狠狠的揍他一拳告訴他這是幻聽吧！

「我知道你們一定無法接受……」

沈莉走向前，站在她聲稱是伯汀的高大男人身旁。她一身拖地的白色睡袍隨著走動搖擺，因而沾上不少泥土和髒汙。

「但他，千真萬確就是我的伯汀。」

沈莉絲毫不介意對方長滿絨毛的身體，輕柔的挽住對方的手。

就在沈莉碰觸到對方的瞬間，不僅是那一身的絨毛，還是尖銳的獠牙，全都縮回肌膚之內，轉瞬之間就變得和一般人無異。眨眼之間，一個彷彿只出現在電影裡的怪物，就變成了一名身材高大且挺拔、近乎全身赤裸的男子，一張猶如歐洲人深邃的面容上，也有著與人類一樣的糾結和警戒神情。

他的天天天啊！這實在太不可思議了，這算什麼？

原來蜘蛛人真的存在——柳阿一傻愣愣的佇立在原地，內心如此想著。

反倒是殷宇，對比柳阿一的震驚，他只是輕輕的嘆一口氣：「不……我其實一點也不意外。」

將手槍收回腰際，殷宇淡然的道：「因為，能讓沈小姐不顧一切去包庇的對象，我想也只有他了……只是我沒料到，巴掌大的蜘蛛竟能變成這副模樣。」

「其實……就連我也無法理解，究竟是為什麼伯汀會變成這樣。」

沈莉搖了搖頭，「我只知道，自從開始餵食伯汀葉片以外的東西後……有一個夜晚，當我再來探看伯汀時，伯汀就已經是這副模樣，全身赤裸的躺在稻草堆之中。」

沈莉抬眼看著伯汀，那張英俊的側臉映在她眼簾之中，她的眼神很是百感交集。

「所以……今早和妳在陽臺的男人就是他？」柳阿一不禁出聲問道。

他不像殷宇那異於常人的冷靜反應，直到現在，震驚錯愕的餘波還在他心湖盪漾，所以他有點羨慕起殷宇受過刑事警察的訓練，才能在這時候顯得如此淡定……不過話說回來，殷宇的從容也有一部分是他本身個性所致吧。

沈莉似乎先是有些意外，她大概沒想到當時會被柳阿一撞見，但最後還是輕輕的點了點頭。

「啊……這、這種情況我能說什麼？我竟然比不上一隻蜘蛛……」柳阿一頓時覺得人生萬念俱灰。

「現在沒人想聽你說這個，柳阿一。」

殷宇抬手推了推眼鏡，轉而對沈莉問道：「沈莉小姐，難道妳不害怕嗎？那隻蜘蛛……伯汀可是用殘忍的方式，殺害了兩頭家畜。」

沈莉卻只是更加用力的抱住伯汀的手腕，「我知道，我統統都知道，因為我也在旁邊看著他吃掉牠們……但是，伯汀只是因為飢餓而獵取食物，他不會傷害我的！」

沈莉繼續道：「儘管他不會說話，但他從未傷害過我。我明白他很想吃肉，很想嚐嚐鮮血的滋味，但他到目前為止從未傷到我。因為我看得出來，他很努力的在克制想傷害我的意圖。這樣……這樣就足以讓我站在他這邊！」

「所以，妳就協助他進入農舍，改以家畜填飽他的飢餓，並且在大夥追緝他的時候包藏他……」

殷宇一邊說著，沈莉也一邊默默的點著頭。

對她而言，當前也唯有坦承的分。

「沈莉小姐……容我冒昧問妳一個問題。」柳阿一將目光投向沈莉，低聲問道：「伯汀他……是不是還有什麼我們所不知道的事？」

他看向伯汀，數分鐘前還是張著駭人獠牙、全身聳立黑色絨毛的怪物，如今不過是站在沈莉身邊，一個容貌英俊、有著深邃雙眼，宛如異國人立體五官的男子。

原來，他當初看到的那張臉……才是伯汀的真正面貌嗎？

只是，他還是想不通，伯汀怎會有一張西方人的臉孔？也許是一股直覺，他總覺得在這張深深邃立體的五官背後，還藏有不為人知的秘密。

反觀沈莉，她就像是被箭射中心窩般的擰起眉頭。

深深的嘆了一聲後，沈莉才緩緩開口道：「伯汀他，其實早就……」

就在這時，讓人不由得緊張起來的鈴聲大作，打斷了沈莉的話，也打亂了現場的氛圍。急急發出的鈴聲，正是來自柳阿一放在牛仔褲口袋裡的手機。

納悶這時間怎會有人打電話來，柳阿一接起了手機，當話筒貼在耳邊數秒後，柳阿一的臉色頓時垮了下來。

「發生什麼事了嗎？」

察覺到柳阿一的不對勁，殷宇第一個向他詢問。

「是櫃檯小姐打來的……」柳阿一面有難色的嚥下一口口水，「她說……有客人慘死在客房之中。」

「你說什麼？」

殷宇的表情為之一震，就連在一旁的沈莉也露出錯愕神情，唯有沈莉所挽住的伯汀仍面無表情。

柳阿一立刻轉頭看向伯汀，「難道這也是你幹的好事？」

「不可能，這件事不可能是伯汀所做的！伯汀他只會對家畜下手，何況我可以為他作證！今日一整天，我都和伯汀在一塊，他絕對沒有殺害其他房客！」沈莉立即激動的替伯汀辯解，整張小臉蛋都漲得通紅，就連她小小的拳頭也握得緊緊。

「就算有妳為他擔保，也不能說他沒有嫌疑……沈莉小姐，恕我直言，妳曾有包庇他的前科。」

殷宇淡然的搖了搖頭，儘管他明知這種不信任的感覺很傷人，畢竟他本身是再清楚不過了……

「總而言之，我們先趕過去看一看吧。要是警方到場後，恐怕就不能那麼隨心所欲的搜查了。」

殷宇這時又將頭轉向沈莉，嚴肅說道：「為了避免節外生枝，麻煩沈莉小姐帶伯汀回寢室。如果妳真想為伯汀洗脫嫌疑，就別踏離寢室一步。至於柳阿一，你則和沈莉他們回去，以防萬一。」

「我明白了。」

柳阿一朝殷宇肯定的點個頭後，殷宇快速的奔離農舍，逐漸消失在黑夜之中。

△▽ △▽ △▽ △▽ △▽

遠遠的，就見一道熟悉的身影顫抖的杵在門前。

一聽到逼近的跫音後，本該在櫃檯前工作的女人立刻慌恐的轉過頭來，眼眶泛淚的對著殷宇道：「殷、殷宇先生！」

殷宇向無助的她點了個頭，踏著沉重的腳步朝出事的客房前進。

推門一看，撲鼻的血腥味直衝上來。

整間原是漆成純白的臥房，這時有如紅色的人間煉獄般，血花毫無忌憚的遍灑各處。

即使早已習慣命案現場的殷宇，一時間也難逃被血腥味嗆鼻的不快，他摀住口鼻，進而觀察起整個房間。雖然任何一個角落他都沒放過，但是卻不見理應倒在此處的房客屍體。

不過，他卻發現了另一樣東西。

他站上染滿鮮血的床，手一伸，從天花板取下了一條半透明的絲線。

「這是……」

帶點黏稠的感覺，錯不了的——

是蜘蛛絲。

殷宇立刻回過頭，問向身後不停顫抖的女人：「妳是第一個發現的人，是吧？」

女人有些畏畏縮縮的點了點頭，平時刷著淡淡粉色腮紅的兩頰，此時只有被嚇得了無血色的蒼白。

「那麼，妳第一時間發現的時候，有見到屍體嗎？在我抵達之前，妳一直都待在這裡嗎？」

「我、我發現的時候確實見到了屍體！我不會認錯的，住在這一間的房客當時就渾身是血的倒在床上！但、但是為了打電話通知你們，我只好暫時離開到櫃檯去……」

大概是被殷宇質問的口氣嚇著，又深怕自己被貼上嫌疑標籤的女人，起先反應激動，後來說話的聲音也逐漸變小。

殷宇抬手抹了抹臉，接著將心思放在眼前這件懸案上。

倘若事情真如她所言……

那麼，房客的屍體究竟去哪了？

沒有答案的下落，殷宇這時又對臉色鐵青的櫃檯小姐道：「請先別報案，這件事暫且交給我處理，麻煩妳了。」

交代完畢，殷宇朝四周觀看了一下，最後視線定格在那扇敞開的窗。沒有第二句話，他縱身一躍，跳了出去。

俐落的單膝著地，殷宇抬眼一看，在青青草地上見著點點血漬。

……他的直覺果然沒錯。

他立即跟著血跡而去，來到鄰近的另一棟住房，就像是上一間房的翻版，門窗同樣是敞開的，隨著吹來的陰風微微擺盪。

殷宇心頭一揪，他小心翼翼的先在外頭用耳貼牆、諦聽裡頭的動靜，耳朵接收到的訊息，卻是一如無風的海平面，靜默無聲。

殷宇倒抽一口氣，緊接著果斷的爬進屋子，就在他雙腳著地的瞬間，他的雙眼也見到了真相。

門扉上，原先鍍金的「２４４４」號碼已被鮮血染紅，空蕩蕩的房間內只剩驚悚的拖行痕跡，不難想像，這是受害者被強硬拖行之下，一邊掙扎的產物。

「又有第二個人遇害了嗎……可惡！但他們都到哪去了？」

殷宇知道自己沒有時間躊躇下去，他趕緊跟著拖行痕跡而去，一路追至民宿外頭。

殷宇來到了一棟倉庫前。

他先深深的吸一口氣，又緩慢沉重的吐出，心跳也比平時來得又快又急……鬱悶的胸口，使他下意識的揪住自己胸前的衣物。

鎮定過後，他緩緩的打開了門。

映入眼簾的，竟是一條條染紅的蜘蛛絲，密密麻麻的蜘蛛網包圍了整座倉庫。無論是地面，還是天花板，甚至是任何一個角落，都有著詭異的透明黏液。

即便心裡早有準備，但當殷宇見著這一幕時也不由得動搖的倒抽口氣，只是受過刑警訓練的他還是很快的讓自己回復鎮定。調整好自己的呼吸頻率後，他一步一步往前走去，也一點一滴的發現蜘蛛網上各處都有著不同的生物，有體型小至於青蛙、麻雀，到稍微大了點的兔子和野狗。

隨著繼續深入，殷宇繼而見到一隻已被吃了半副身軀的死豬，以及一頭被啃蝕殆盡、只剩白骨的牛。

走到倉庫的最底端，殷宇終於發現他一直尋不到的東西……一名渾身是血的男子被蜘蛛絲緊緊捆綁，被懸吊在偌大的蜘蛛網之上。

停住腳步的殷宇，眼神茫然的拿起了手機，對著接通的另一頭道：「喂，柳阿一，你絕對無法想像我見到了什麼……」

話突然就此哽住。

他怎說得出口——

他所發現的事實，是個巨大的蜘蛛巢穴？

直到倉庫外奔來一道氣喘吁吁的人影，殷宇才緩緩的回過頭，對著一進門也目瞪口呆的柳阿一輕輕搖頭。

「這、這是……天啊！我是不是來到災難片的拍攝現場了？」

柳阿一張著嘴，他的雙腳還在猶豫著要不要踏進，無論如何，眼前的畫面對他而言實在太過衝擊了。

「需要我替你醒醒腦嗎？」

「不不不！我現在意識清楚得很！」

眼看殷宇一臉認真的握起拳頭，柳阿一連忙搖頭，看來暴力還是恢復冷靜的最好方法。

「是說，你能解釋一下現在是什麼情況嗎？這種超獵奇的畫面……不是向來只會出現在我的小說裡頭嗎？」

柳阿一扶著額頭，即便稍微冷靜下來，他顯然還是無法那麼快就能接受眼前的事實。在他眼裡看來，這裡就像是《西遊記》裡的盤絲洞一樣，當然，毛骨悚然的感覺也像一塊大石正壓在自己的心口上。

待殷宇向柳阿一簡述了事情的來龍去脈，柳阿一不禁狠狠的倒抽一口氣，他怎樣也沒想過竟會發生那些事。

「凶手肯定是隻蜘蛛沒錯吧？而且還是一隻絕對拖得動一個人和一頭牛的大蜘蛛！」

柳阿一雙手環胸，不是因為他正在思考，而是他為眼前這景象感到毛骨悚然。

「符合上述條件的傢伙……」

「就只有那隻名叫伯汀的蜘蛛精了？但是那傢伙，我可是從頭到尾都和沈莉守在他身旁啊！」柳阿一看著面帶懷疑神色的殷宇，這般答道。

「你急什麼，我話又還沒說完。」

殷宇推了推眼鏡，「我也不覺得他是這個巢穴的主人。你看，這些血都還是溫熱的，血色也還算鮮紅……代表這是才剛發生不久的事。」

「所以，你言下之意是……」

「恐怕，凶手另有他人。」殷宇一臉肅穆的道。

「凶手……啊，會、會不會是那隻咬傷沈達的黑寡婦？搞不好——那傢伙跟伯汀一樣都能獸人化，進而攻擊這些無辜的房客？」

突發奇想，柳阿一的腦海突然迸出這個念頭來，既然都有伯汀這個先例，那隻黑寡婦也不無可能吧！

「柳阿一，為什麼你總是能不經大腦思考就說出精闢的答案來？」

「殷宇先生，為什麼你也總是不挑場合時間都能吐槽我？喂，我可是很嚴肅的！難道你不覺得奇怪嗎？有人今天送了裝著黑寡婦的包裹來，今晚就發生了這些慘案……再加上不是伯汀所為的話，還有誰會做出這種事來？」

柳阿一雙手扠腰，把心底所有的猜測全都一鼓作氣吐了出來。

「還有，我也很納悶一件事……」

柳阿一抬頭看向那名被綁在蜘蛛網上、不知是生是死的受害者，「既然有兩名房客受害……為什麼現在只看到一個人？」

柳阿一說完這句話後，殷宇的臉色頓時大變。

像是恍然大悟一般，殷宇回過頭來對著柳阿一問道：「伯汀和沈莉他們現在在哪？」

「哈啊？你這個問題牛頭不對馬嘴吧？」

「快！告訴我！」

「還、還在沈莉的寢室待著……你急著跑去哪裡啊！」

等不及柳阿一把話說完，殷宇便一股勁的衝出倉庫，急奔而出。

△▽ △▽ △▽ △▽ △▽

柳阿一緊追在殷宇身後，兩人來到沈莉的寢室。本該只是微微敞開的門扉顯然已被撞壞，弄出一個好大的洞來。

柳阿一毫無頭緒的跟著殷宇闖入。一入房內，映入眼簾的景象是他始料未及的，就算想大叫也喊不出聲來，他只能像個木頭人般杵在原地，愣愣的看著正與伯汀對峙的龐然大物……

一隻目測下來高度已快頂到天花板、大如一棟矮房的巨大黑色蜘蛛，正用牠駭人的蟲眼緊緊盯著伯汀！

龐大的蜘蛛張開口，從嘴中吐出一道裹滿黃稠黏液的東西——正是一名已昏死過去的中年男子！

就像在獻禮似的，巨大的蜘蛛用長腳將人往前推去，緩緩的……滾落到伯汀的跟前。

「果然沒錯……」殷宇同樣目不轉睛的看著前方，他嚥下了一口水，「在某些蜘蛛的物種裡，有些母蜘蛛會在交配期前儲藏足夠的糧食，並且用這些食物引來雄蜘蛛的注意……」

「所以，這隻母蜘蛛之所以殺這麼多人，最主要的原因就是……想要伯汀與牠交配的意思？」即使話是從自己的嘴巴吐出，柳阿一還是擺出不敢置信的神情。

「恐怕真是如此。伯汀他就算突變成人形……終究也是一隻雄性蜘蛛。」

其實，就連殷宇也無法置信，這種電影的情節竟會在他面前真實上演。

「我猜，這隻蜘蛛倘若和伯汀同種，這就代表著，牠也是不被允許吃葉片以外的食物……可是看了剛才的巢穴就知道，牠早就嚐到了血肉的滋味，只是牠並非化作人形，而是成長為如此巨大的蜘蛛。」

「天啊！我、我究竟是造了什麼孽才會被捲入這種事……」柳阿一懊惱的抬手扶著額頭，但在這隻巨大的蜘蛛面前，他不敢有更大的動作。

反觀伯汀，面對將「禮物」獻上來的舉止，他回頭看了身旁既是害怕、眼神又充滿擔憂的沈莉一眼。

僅僅只是輕輕的拍了拍沈莉的頭，嘴角溫柔的勾起一笑——便毫不猶豫的將腳前的「禮物」踢了回去。

「他這是在幹什麼啊！」

「那還用說嗎？他當然是完全不領情了。」

殷宇接著又補充道：「不過，這也代表我們可能即將完蛋了。」

「什……！」

柳阿一話還未說完，被拒絕的母蜘蛛頓時像是勃然大怒，立刻將被踢回的「禮物」一口吞下。

「柳阿一！」殷宇回過頭來，「準備好要逃命了嗎？」

「什、什麼？」

柳阿一根本還來不及反應，眼前巨大的母蜘蛛就像著了魔般爬上前、張大嘴巴朝著眾人撲來！

「嗚啊！為、為什麼連我們也得遭池魚之殃啊！」頭也不回就往外逃跑的柳阿一，急得像熱鍋上的螞蟻問著殷宇。

「第一，被拒絕的母蜘蛛惱羞成怒；第二，因為我們都在牠果腹的範圍內。這樣的答案你滿意嗎？」

「拜託你別把事情講得那麼輕鬆可以嗎！」

柳阿一真想拿磚塊砸殷宇的頭，這世上怎會有這種什麼事都無關痛癢的人啊！

「呀！」

就在這時，後方的沈莉一個不小心被石頭絆倒，眼看巨大的蜘蛛就要吐出蜘蛛絲、一把纏住沈莉之際——

「唔！」

當沈莉從地上爬起身、抬頭一看，映入眼簾的竟是伯汀用雙手擋住蜘蛛絲，以己身護在她的面前。

此刻的伯汀，尖銳的獠牙再度顯現，一口咬斷纏住自己手腕的絲線。蜘蛛絲一斷，對方也不讓伯汀有喘息的機會，立刻又將牠的長腳往伯汀與沈莉方向襲去！

剎那間，只見伯汀一把抱起沈莉跳開，僥倖躲過這一波的攻擊。

沈莉既是不知所措，又滿溢複雜情感的眼神凝視著伯汀，伯汀只是肯定的對她點了點頭，兩人之間無須言語。

朝沈莉回以肯定的眼神後，伯汀輕輕的放下懷裡的沈莉，在他轉身之後，一對深邃碧藍色的雙眼頓時轉為酒紅色，尖銳的爪子從他指尖頓時竄出，剎那間，伯汀衝刺而出，跳上前揮舞爪子企圖反擊傷害他與沈莉的敵人！

然而，巨大的蜘蛛附屬肢一揮，似乎不費吹灰之力就擋下伯汀銳利的雙爪。緊接著，蜘蛛再次揮動長腳，轉瞬就將伯汀擊回，使得伯汀騰空飛起又墜落、單膝著地。

伯汀與蜘蛛間的戰役持續進行，在一旁的沈莉擔心的揪著胸口，每當伯汀被擊落之際，她的心口也跟著劇痛一次，並且一再責備自己無用武之地。

「再這樣下去是不行的……伯汀和那隻母蜘蛛的體型相差太大，繼續下去也只會消耗體力，最後落得被母蜘蛛吃掉的結局。」觀看中的殷宇提出了警告，面色同樣凝重。

「對了，你不是有槍嗎？快開槍射牠啊！」柳阿一想起當時殷宇持槍指著伯汀的畫面，立刻激動的道。

殷宇卻尷尬的搖了搖頭，「那不過是把玩具槍，當初拿來嚇唬伯汀用的。」

「什麼？那、那難道沒有別的方法了嗎？難道我們就只能袖手旁觀？」

柳阿一不禁握起拳頭，「我承認我很害怕，我也很想逃離這裡！但是，伯汀肯定也知道自己打不過對方，卻還是為了沈莉賭上一把……難道我們就真的使不上力嗎？我還沒打算讓自己窩囊成這樣！」

柳阿一的聲音比平時都來得堅定，殷宇的表情也為因此為之一振，他低頭沉思了一會，嘆口氣，最後緩緩的吐出了一句話。

「方法的話……或許是有的。」

「方法？什麼方法你快說啊！」柳阿一迫不及待的問。

「但是，只能賭一賭了。」

殷宇看向讓伯汀陷入苦戰的母蜘蛛一眼，接著轉過頭問向沈莉：「沈莉小姐，廚房在哪裡？」

「廚房？這、這個嘛……在一樓的轉角處，就看得到了。」

對於殷宇突然丟出的問題，不僅是沈莉感到一頭霧水，就連柳阿一也充滿了疑惑。

「柳阿一，你跟我來一趟。」

沒有第二句話，也不管柳阿一願不願意，殷宇就拉著柳阿一跑離現場。

△▽　△▽　△▽　△▽　△▽

「喂喂，你還在這種節骨眼上跑去廚房？你以為多拿些食物就能填飽那隻蜘蛛嗎？」手肘被拉得疼痛的柳阿一，根本不明白對方究竟在想什麼，只能一味被殷宇拖著衝向一樓，他的心裡還掛念著沈莉安危啊！

「柳阿一，還記得你小說裡寫過的東西嗎？」轉個彎，衝進廚房裡的殷宇一邊搜尋東西，一邊問向身後的柳阿一。

「你是指我寫的驚悚小說？」突如其來有些跳 tone 的問話，讓柳阿一愣了愣。

「不然你寫的是言情小說嗎？你記不記得你寫過一段故事，是拿某樣東西去消滅妖魔鬼怪的。」

「等等，你該不會天真的以為拿大蒜能趕走那隻大蜘蛛吧？」

「那是對付吸血鬼的……找到了。」

殷宇倉促的打開各個櫥櫃、抽屜，忽然間他的目光停留在一個透明的罐子上。

「不會吧！你該不會是想——」

看著殷宇將罐子裡的東西全倒了出來，和著一點水，弄成一塊塊的固體，再塞進玩具槍之中。

「雖然我沒有子彈，但也許可以用鹽巴製成的子彈。」一邊說道，殷宇將另一把槍丟給柳阿一。

柳阿一順勢接住，用著恍然大悟卻又帶點不安的眼神看著對方，「對，我是寫過用鹽巴驅邪的情節……但是，小說畢竟是小說，你確定要當真？」

他覺得挺不安的啊！真要把自己的性命賭在這些鹽巴之上嗎？柳阿一不禁這般想。

「所以我才說，賭上一把了。不是有人說了嗎？不想袖手旁觀、不想那麼窩囊廢的人是誰？」

將所有的鹽彈都塞滿彈匣後，殷宇舉起槍，看在柳阿一眼裡就像是他恢復了刑警身分似的，在舉槍的瞬間充滿帥勁。

「可惡！誰准你重複我的話了？」

柳阿一不甘願的扯了扯嘴角，「不過，既然都捨命陪君子了，我們就快回去殺出一條生路來吧！」

X

屬於伯汀的過去

「伯汀！」

沈莉衝上前，攙扶住肩膀流血不止的伯汀，面色已夠蒼白的他，現在於沈莉眼底更是慘無血色。

「伯汀，你不要再顧慮我了，你大可以逃得遠遠的……我、我已不想再見你為我這麼拚命了！」

沈莉激動的搖著頭，在這彷彿無比漫長的時間內，她不停見到伯汀為自己一次又一次擋下凌厲的攻擊。

她已經不能……再失去他一次了！

伯汀只是按住她的手，讓滿是鮮血和傷痕的手貼在沈莉的手背上，他笑了笑，儘管眉頭深鎖。

沈莉則泫然欲泣，儘管嘴角撐著苦笑。

他們並沒有片刻休息的餘地，因伯汀而發怒的巨大蜘蛛已逐步逼近，張開了血盆大口，正要一次吞下沈莉與伯汀兩人——

「砰！」

瞬間，一發恍如子彈的白色影子射向蜘蛛。

「砰砰！」

緊接著，另一方也射出了同樣的白色子彈。

原先緊閉雙眼的沈莉睜開了眼，被伯汀強壯雙臂抱住的她，看見了一幕令她不敢置信的畫面——本該一口吞下他們倆的蜘蛛，被兩發子彈打中其中兩腳之後，竟踉踉蹌蹌的往後一退，甚至飄起了近似硝煙的白色煙霧。

沈莉愣愣的回過頭，視線先落在射出第一槍的殷宇身上，目光再緩緩移動，繼而放在發出第二槍的柳阿一臉上。

無論是誰，她都在他們身上見到了一種無以比擬的勇氣。

她無法比喻這樣的感覺，看著他們，心底就像被重重了搥了一下，不是痛楚，而是無與倫比的撼動。

「警察大人，看來這招真的有用！」

柳阿一握著槍，他好歹當過兵，拿槍並不是什麼太過陌生的事，他所意外的，竟是鹽彈真的對蜘蛛起了作用，看來那些驅魔電影帶有幾分真實性啊。

「十賭九輸，但我們卻贏了這麼一次。柳阿一，鹽彈這招以後記得多多寫進你的驚悚小說。」

殷宇的嘴角也明顯上揚，這還是柳阿一頭一次見他笑得那麼坦率。柳阿一想，倘若殷宇平常也能多笑笑，女人緣一定會以驚人的倍數成長……哎，現在可不是想這個的時候！

柳阿一的視線再度放回前方，謹慎的看著眼前的敵人。

被射中兩隻前腳的蜘蛛，這時再次緩緩的站起身來，血紅色的蟲眼也從伯汀等人身上，轉移到了開槍的柳阿一和殷宇。

鹽彈的攻擊似乎使牠更為憤怒，張開的獠牙不停的快速上下開合，猶如恨不得立刻將這兩人拆解下腹。

「伯汀！」殷宇突然對著負傷的伯汀大喊，「如果你聽得懂我的話，如果你想守護沈莉，那麼你就照我的意思去做！」

「殷宇，你到底在想什麼啊？伯汀畢竟也是隻蜘蛛，而且就算聽得懂，搞不好只聽主人的話……」

自己的話完全沒被殷宇聽進去，柳阿一只能眼睜睜看著殷宇邊對著蜘蛛開槍，邊以最快的速度衝到伯汀身旁。

「聽好了，我要說的是……」

伯汀沒有抗拒殷宇突然的靠近，也許是為了沈莉，他任殷宇在自己的耳邊細語。

「這件事，就只有你做得到。能保護沈莉小姐的人，也只有你了。」

殷宇正色嚴肅的對著伯汀說道，緊接著他卻被突然掃來的蜘蛛長腳攻擊，狼狽的被甩至一旁。

「殷宇！」

柳阿一原本想馬上衝到殷宇身邊，但是蜘蛛就像猜到了他的企圖般，立刻用另一隻長腳擋在他的面前。柳阿一只能咬緊牙，擔憂的看殷宇摸著被掃到的胸膛，扶著牆壁緩緩的站起身來。

「柳阿一，現在起……你也照著我的意思做……」吃力的講著話，儘管前方有蜘蛛的長腳擋著，殷宇還是撐著身體往柳阿一的方向前進。

「你到底要我做什麼？」看到殷宇如此奮不顧身，柳阿一也不管是否會遭受蜘蛛的攻擊，想也沒想就使勁躍過擋在前頭的蜘蛛長腳，衝到殷宇的跟前、緊緊的攙扶著他。

「聽好，就是……」

細碎如雨聲，但柳阿一確確實實都聽進去了。他肯定的朝殷宇點了點頭，接著跑離殷宇，繞到蜘蛛的左後方。

「喂，臭蜘蛛！你有種就過來咬我啊！」柳阿一大聲的對著蜘蛛放話，儘管雙手有些顫抖，他還是緊握著保命的槍枝。

蜘蛛就像聽得懂人話，接受了柳阿一的挑釁，張牙舞爪的直衝而去！

「砰砰！」

柳阿一趕緊舉起槍，對準朝他衝來的兩隻前腳，由於目標接近而更好瞄準，鹽彈連發，轉瞬就將蜘蛛的兩對關節打斷，讓牠失去重心頹然的向前傾。

「很好！」

就像打了嗎啡，暫且忘了疼痛的殷宇便趁這個時間點俯衝上前，朝蜘蛛的另外兩腳連射幾槍。

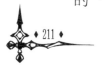

槍聲連響之後，蜘蛛發出了慘烈的尖叫，頓時黏稠的液體從牠口中吐出，噴向柳阿一和殷宇兩人。好在兩人及時閃過，而被濺到的地板可沒那麼幸運，頓時腐蝕化作一縷縷的

硝煙。

「還剩兩條腿，只要把牠的行動封住，就好對付了。」

這便是殷宇一開始的計畫！

他和柳阿一互看一眼，他們都知道彼此的鹽彈已所剩不多。

「我負責最後方的右腿。」

「那我就打斷牠另外一隻左腳！」

兩人各自做出允諾。

殷宇因負傷仍堅持奔上前，面色糾結的他再往蜘蛛的右腿開了一槍，精準的射中了右腿的膝蓋關節，蜘蛛頓時順應著槍聲倒向右邊。

「滾回你的火星吧！」

柳阿一也立即補上一發，彈匣內最後一發鹽彈循著彈道射擊而出，但卻不像殷宇這般精準，他射偏到了關節以下的部位。

「糟糕！」

柳阿一正自責的拍著額頭之際，發狂的蜘蛛已朝他直撲而來！

此刻，一道黑色的身影騰空躍起，在空中翻轉迴旋一圈後，單膝著地落在蜘蛛寬廣的背部之上。

「就是現在！」殷宇朝跳上蜘蛛背上的伯汀大喊。

赫見伯汀舉起鋒利的雙爪往下一刺，緊接著快速的俯衝向前——利爪硬生生將巨大的蜘蛛劃成兩半！

頓時紅色的液體四濺、噴滿了伯汀一身，伯汀從蜘蛛背上一躍而下，呈現半跪狀態落在沈莉面前。

「伯汀……」

雙掌從頭到尾都緊緊合握的沈莉，聲音不禁哽咽，沙啞不是為了悲傷，而是滿溢胸口的喜悅與感動。

伯汀身後的蜘蛛已頹然倒在地上，動也不動。

這下終於大功告成！

反觀佇立在沈莉面前的伯汀，收回嚇人的獠牙與黑色絨毛，變回沈莉所見慣的那張英俊、又帶著一抹妖異的容貌。

他當著眾人的面，不顧肩上的傷勢，一步一步走向沈莉。

最後，他對著沈莉單膝下跪。

「沈莉……小姐……我是……聽他們這樣……叫您的……」他用著最大的努力，艱難的一個字、一個詞的道出了沈莉的名字。

在場聽到他這一句話的人，無不露出意外的神色。

只見伯汀一手覆在左肩上，頭微低，冷冷的月光恰好在灑落在他的背上，使得這一幕彷彿像是騎士對公主的宣誓。

沈莉已不知該說什麼，她只能一味睜大雙眼，微微晃動的瞳孔片刻不離伯汀。

「沈莉……小姐……我……！」

話未畢，伯汀突然臉色一變，衝上前抱住沈莉。

他所緊緊護住的，不是貪戀懷裡的暖度，而是以自己的身軀，再次為沈莉擋下從垂死蜘蛛口中吐出的毒液。

殷宇一見，立即將最後一發鹽彈打在蜘蛛頭上，讓苟延殘喘的生命就此終結。

儘管殷宇立即這麼做，仍舊遲了一步。

「伯汀！」

沈莉緊緊抓著對方，伯汀的頭則無力的垂在沈莉左肩上，被毒液腐蝕的背部開始潰爛。他的手撫上沈莉右頰，青紫色的雙脣微微開合，像是想說些什麼，欲言又止。

沈莉只能不斷的搖著頭，雙眼早被矇矓淚光占據，晶瑩的淚珠滾落到伯汀臉上。

「你不能再離開我……我不准你再離開我……你可知？我和爸爸可是費了好大的力氣才將你……」

數度哽咽，再也說不下去的沈莉緊咬著下脣，她的額頭抵在對方趨於冷冰的臉上。

窗外的黑夜逐漸轉為清明，當破曉的光輝斜斜的灑進屋內，光芒就像有選擇性的照在沈莉與伯汀的身上。

相擁的兩人，直到有一方被侵蝕到僅剩一堆白骨，那輝映在他們倆身上的陽光，反倒像將一切的恩怨悲慟都統統帶走……

只剩最後的昇華。

△▽　△▽　△▽　△▽　△▽

肩挑背包的柳阿一，一手拖著行李箱，準備踏出遠山農場的民宿大門。

「唉……原以為是賺到一趟休閒旅行，想不到是一場驚心動魄的致命之旅啊……」

一大清早的，柳阿一就像成天抱怨的老人，無奈的嘆口氣，肩膀也跟著垂了下來。

「早啊，方編輯，你旗下的某位作者呢，不僅連一個字都沒敲，還口口聲聲抱怨偷溜出來的旅行不好玩喔。」

「嗚哇！殷、殷宇你這是在幹什麼！快掛掉電話啊！掛斷！」

「什麼？你要我好好照顧他啊？沒問題，我從事刑警工作好歹五年多了，什麼逼供手法我不會呢……好的，你放心，如果他再不寫稿，我會很快將他送去枉死城的。」

說完，殷宇切斷通話的同時右手一揮，讓本來想奪走手機的柳阿一撲個空，差點狼狽的迎面撲倒在地上。

「好啦好啦，我會認真趕稿就是了……」

柳阿一無奈的扶著頭，接著像是突然想到了某件事，「只是，到現在我還是不知道，那隻名叫伯汀的蜘蛛究竟是怎麼一回事，又是怎麼來的……」

「與其想這些無解的答案，你還是快點構思新的小說內容吧。啊，計程車司機，就我一人坐而已，後面那傢伙你可以不用管他，直接開走就對了。」

殷宇迅速的坐上小黃、關上車門，反應不及的柳阿一就眼睜睜的看著自己被放鴿子了。

「喂！死沒良心的傢伙！你知不知道這荒郊野外叫一輛計程車要等兩小時啊！」

對著揚長而去的計程車，柳阿一發出了堪比孟克的吶喊。

現在可好，難道他真得在這種鳥不生蛋的地方等上兩小時？

該死的殷宇，非得這樣折磨他嗎！

柳阿一就此陷入了膠著之際，後頭傳來了一道跑步聲、正快快的朝他而來，他好奇回頭一看，就見一道熟悉的身影跑進眼簾之中，氣喘吁吁的向他招手。

「柳先生！請你等一下！」

「沈莉小姐？」

柳阿一愣了愣，對方的突然現身讓他感到意外。對方看起來就像是為了他而專門追趕過來……

嗎！

神啊，難道是愛情上門的意思嗎？

這畫面在他眼裡看來，不就是鼓足勇氣的少女，終將要向心儀之人告白的經典場面

「柳、柳先生，可不可以請你晚些時候再走？我、我有話想跟你說……」看起來似乎跑了一段路的沈莉，顯得有些體力不支的彎下腰來、雙手撐在膝蓋上，斷斷續續的對著柳阿一說道。

「沈莉小姐有話要告訴我？」

——絕對是告白！

此時此刻，表面上假裝正經的柳阿一，內心正無比澎湃的這般想著。

肯定是這樣的，畢竟他可是將沈莉從危機中解救而出的英雄，當然免不了在這少女心中烙下了深深感動……噢，感謝殷宇將他拋下來啊！

「是、是的，我希望……」沈莉緩緩的抬起頭來，盈盈的雙眸凝視著柳阿一，微啟的雙脣似乎欲言又止。

「妳希望……？」等待答案的柳阿一頓時屏住呼吸。

「我希望——柳先生能夠將我和伯汀的事，以寫成小說的方式記錄下來。」

「欸？」

答案揭曉，原本盤旋在柳阿一頭上的天使瞬間墜落了。

「……不、不行嗎？」沈莉露出了一副看起來相當失望的神情。

「啊、啊，當、當然可以！」眼看水光都在沈莉的眸中打轉，柳阿一只好趕緊點頭答應。唉，他就是敵不過女人的淚水啊。

「那麼，就占用一下柳先生的一些時間吧。且讓我告訴你，在歷經這次的事件以後，我所看清的來龍去脈……」

△▽　△▽　△▽　△▽　△▽

沈莉泡了一壺茶，將白瓷製成的茶杯輕輕放在桌上，一縷茶葉的清香飄逸在空氣之中。柳阿一坐在沈莉的對面，大腿上放著他謀財用的筆記型電腦，正等候著故事的女主人翁開口訴說。

「伯汀……本是我母親從國外帶回的。說是來自英國的品種，相當罕見的一種蜘蛛，但我當時看來就和一般的蜘蛛沒兩樣，並非是柳先生後來所見到的那般。」

沈莉入座後，開始娓娓道來。

「也就是說，伯汀當時並非全身透明，對吧？」

柳阿一不僅從中得知這則訊息，他隱約也猜測到了，為何他所見到的伯汀會有張外國人的臉……原來是出身自英國的品種啊！可能因為如此，連帶化為人形時就有張西方臉孔了。

「是的，伯汀他……是母親生前最寵愛的一隻蜘蛛，比起其他所帶回的蜘蛛還喜愛。」

「比起其他的蜘蛛……？」似乎聽到了什麼讓人在意的地方，柳阿一不禁這般問。

沈莉微微的點了點頭，說道：「我的母親，是一名英國的生物學家，專門研究蜘蛛的生態。」

得到答覆的柳阿一，頓時露出了恍然明白的神情。不過，研究蜘蛛的女人……聽起來似乎也怪可怕的。

「長期相處下，我也將伯汀看得越來越重要，近乎當成人類一般看待……但是，就在母親得病死後沒多久，伯汀他也……」

沈莉突然停頓下來，這一停就讓柳阿一的心跟著懸了起來。

「伯汀他也——因為我父親忘了餵食而死。那時候我明明千叮嚀萬交代，在我出門的那幾天，要爸爸記得要餵他的！可是、可是……！」

沈莉一時難過的哽咽、說不出話來，泛紅的眼角也幾乎要擠出淚水。

聽在柳阿一耳中，則是意外的消息，雖然早覺得伯汀不是一般的蜘蛛，但沒想到竟然是曾「死過」的蜘蛛啊！

可是問題來了——

伯汀是如何死而復活的呢？

這個謎題，也唯有等待面前的沈莉來解答了。

「當時的我無法原諒父親……我想，在他把伯汀『還給我』之前，我都不會原諒他的。我想，爸爸他一定也知道我對他的恨意……也許是出自愧疚吧，他想彌補我吧，在伯汀死後他買了好多蜘蛛要給我……但是，不是伯汀就沒有任何意義啊！」

沈莉轉而情緒激動了起來，她握緊了雙拳，這還是柳阿一初次見她如此生氣。

「後來……」在稍稍平緩了情緒後，沈莉接續道：「由於某種因素，爸爸便帶回了重生後的伯汀。」

「……某種因素？沈莉小姐，妳能不能詳細一點的告訴我呢？」

只見沈莉微微的瞇起眼來，思索了一下後，答：「其實我也不太清楚……我只知道，在帶回伯汀的一星期前，父親收到了一封很奇怪的信。之後，爸爸便說要去信中所寫的地址一趟。當他回來時，就用籠子將伯汀帶回來了。」

「奇怪的信件？那麼可以給我看看嗎？那封信。」

柳阿一越聽越覺得懸疑，有種恨不得看到那封「奇怪的信」的衝動，除此之外，他總覺得方才聽沈莉的那段敘述……

他好像，曾在哪見過一般。

「……很抱歉，柳先生。那封信後來就被父親處理掉了，我頂多只看過那封信的信封……我也很納悶，為何信封上只寫了收件人的地址，卻沒有寫上寄件人的資料。而且，讓我覺得奇怪的還有一個地方……」

沈莉深深的倒抽了一口氣，接而沉沉的吐了出來。

「信封上——蓋著一個很漂亮的蝴蝶形狀印章。」

「蝴蝶形狀的印章……容我直說，這有什麼好奇怪的？」柳阿一微微的蹙起了眉頭，他並不是很認同對方的說法。

「唔，就是一種……怎麼說呢，看起來雖然很漂亮，但是在你看到那個印章的瞬間，會有種打從心底的……非常不愉快的感覺。對，就像看到……有人即將在你面前死去的那種感受。」

沈莉在描述時的聲音，比起平時還要來得低沉一些，彷彿不經意的增添了一點陰森氣息。同樣的，這份氣息也感染到了柳阿一的身上。即使還心存納悶，柳阿一聽著這些話也格外感到不舒服。

「另外……」沈莉像是突然想起什麼，「關於不准伯汀吃葉片以外的食物，也是在那之後爸爸要我遵守的規定。聽他說，好像這就是換得伯汀的唯一條件……」

「言下之意是，這規定並非是沈先生制定的，而是另有他人——比如那封信的寄信人？」柳阿一略微吃驚的倒抽一口氣。

「這我就不得而知了……不過，肯定是我破壞規則在先，我們遠山農場才會發生這麼多慘不忍睹的事情……這一定是……這一定就是違背規則的懲罰！」

說著說著，沈莉再次激動的掩住臉龐，瘦小的身軀也跟著微微顫抖，只要回想起前幾天的種種，害怕的感覺就直竄而來。

反觀柳阿一，由於沈莉的那段話，不禁讓他想到那本擁有綠色封皮、有著不祥標題的勾魂冊。他是不可能忘記的，冊子裡頭所記錄的文字，清清楚楚的寫上因違反規定，導致「懲罰將至」的內容，因此，他深信自己所遇上的這一切……絕非偶然。

「但是，即使如此……」原先垂下眼簾的沈莉，這時緩緩的將眼皮往上撐起，繼而露出了她那充滿堅定意志的目光。「我仍不後悔——為伯汀違背了規則。」

無論是從沈莉的眼神，還是說話的語氣，甚至是此時此刻直挺的肩膀，都讓人感受到一股強烈的堅決。

「對於伯汀，我不知道這究竟是怎樣的一份情感，也許你們旁人聽來很奇怪……但是，我就是將伯汀看得比什麼都重要，就如他即使丟了性命也要保護我一般。」

沈莉將掌心按在胸口上，指尖略微使力的壓著，窗外流淌進來的陽光輕灑在她身上。

「沈莉小姐，妳一點也不奇怪哦，一點也不。」

柳阿一淡淡的笑了笑，聳了聳肩，「我啊，才是奇怪的那個人呢。」

「欸？」沈莉不禁抬起頭來，一對漂亮如水晶的眸子眨了一下。

「實際上，我對於自己失蹤一年的事，一點印象也沒有呢。我至今也不明白，究竟是怎麼一回事……但我相信，也許只是一種信念，凡事都會有水落石出的一天。」

柳阿一這時站起身，將腿上的筆電合上後，他拍了拍沈莉的頭、道：「放心吧，無論如何，大哥哥我都會負責將妳和伯汀的故事寫好。所以，妳也要好好的過下去喔。」

轉過身，瀟灑的劃下了道別的句號，柳阿一的腳步沒有再停留，逐漸在沈莉那滿懷感激的雙眼中，漸行漸遠。

△▽　△▽　△▽　△▽　△▽

再次離開了遠山農場，步行一段路後的柳阿一，終於招到了兩個小時前揚長而去的計程車。

「哼哼，等著吧！可惡的阿大和殷宇，我一定會寫出讓你們驚天地泣鬼神的故事！」後座的柳阿一咬牙切齒的喃喃自語，基本上他似乎沒注意到，坐在前方正開著小黃的運將，對他這番話流露出狐疑的表情。

還沉浸在自己的野望之中，忽然感到口袋裡的手機在震動，被打斷思緒的柳阿一沒好氣的接起電話。

「應該沒暴屍荒野吧？」

手機另一頭傳來了熟悉的聲音，柳阿一非常清楚出聲的混蛋究竟是誰。

「姓殷的，你真是名符其實的陰險小人，竟狠心把我拋在這荒郊野外。」柳阿一瞇起眼睛，目光中透出濃濃的恨意。

「是嗎？被你這麼一說，那麼我這陰險小人，應該連電話都不用打來關心了。」

電話那頭的殷宇，口氣聽起來似乎不以為然。

「誰要你假好心啦？哼哼，我告訴你，我現在可是得到了最佳的小說題材——沈莉後來把我找了回去，告訴我所有事情的來龍去脈了！」

「喔？那麼，你也知道伯汀之所以化為人形的原因了？」

「咦?你、你說什麼?」

柳阿一不禁愣了愣，一邊心想為何殷宇總能抓到他的小辮子。

「看來，我們的柳大作家並不知情呢。」

另一端傳來了諷刺的笑聲，聽得柳阿一真想把手機摔在地上。

柳阿一挑了挑眉毛，「難不成你知道喔?」

「想聽聽嗎?」

「切，少囉嗦別賣關子了，要是你知道的話就快告訴我呀。」柳阿一實在沒那個耐心給對方磨。

「那麼，這是我從一個朋友那邊打聽來的答案……」

「……你究竟結交了什麼樣的朋友?竟然能解答這種超乎常理的事。」柳阿一越來越懷疑了，這傢伙絕對不只是個當過刑警的編輯。

「我以前的一個同事，現在跑去當民俗專家了。」

「你的交友類型真是物以類聚啊……」瞪著死魚眼的柳阿一忍不住吐槽。

「這不是重點。我要說的是……」殷宇清了清喉嚨後，便接續道:「儘管，依舊不知是如何轉變成人形——然而，理由也許是可以得知的。」

「理由？」柳阿一不禁蹙起了眉頭。

電話那頭的殷宇答道：「我將沈莉對待伯汀的方式和態度，全告知了那位友人，當然，前提是我也告訴他整起事件的經過。他表示，那隻蜘蛛之所以會轉變成人形，最大的因素是——沈莉將伯汀當成人類一般看待。」

「你、你的意思是……」

「說明白點，伯汀會化為人類的模樣，是出自他本身的意願——他想要以人類的姿態待在沈莉身邊，並且以同樣人類的方式去回應沈莉。換句話說，他只是想以更完整的方式守護沈莉。」

將殷宇這段話一字不漏聽進耳底的柳阿一，不禁怔住了。

他想到了沈莉說過的那些話——

「對於伯汀，我不知道這究竟是怎樣的一份情感，也許你們旁人聽來很奇怪……但是，我就是將伯汀看得比什麼都重要，就如他即使丟了性命也要保護我一般。」

「原來……如此啊……」

喟然而嘆，柳阿一像是恍然頓悟。

不管是沈莉還是伯汀，對於彼此，都持有一份特殊的感情，即使那看起來有些扭曲，有些不被世俗理解，甚至連當事者也不是很明白……

那份心意，顯然是跨越了種族之間的藩籬。

在結束了與殷宇的通話後，不知為何，柳阿一想到了那本勾魂冊。

了解伯汀的理由的柳阿一，對於勾魂冊，他不禁萌生了一種奇怪的念頭。

勾魂冊，真的只會帶來不祥嗎？

倘若，要是沒有了勾魂冊的牽引……那麼，伯汀與沈莉之間的這份情感，這麼純粹而又動人的故事，也就不會有明朗的一天吧。

不自覺的，柳阿一拿出了背包裡的勾魂冊。

他翻開一看，出乎意料的，內頁又新增了一段文字！

然而，在看著這段文字的同時，柳阿一總覺得這段描述似曾相識，思索了一會後，他終於想到了——

這不就是他昨晚才夢到的情景嗎？

柳阿一的臉色頓時沉了下來。

一來，他隱約察覺到了，自己近來的夢境似乎都和勾魂冊有關。

二來，關於他的夢……總是一些令人感到髮指的畫面。

此時此刻，柳阿一的腦海不禁重現當時的夢境。

湧上心頭的光景，是——

在全然潔白的房間之中，有人將遭到死神的召喚……

尾聲

虛偽的父愛

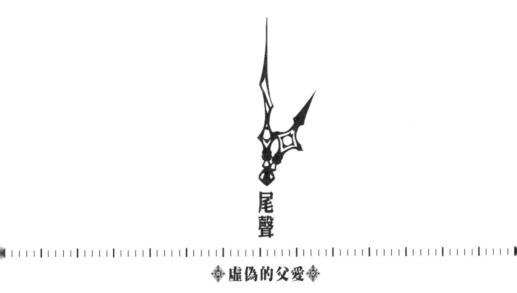

醫院裡的空氣充滿了藥水味，沈達躺在病床上，日日夜夜都在接受這種味道的洗禮。點滴無聲的、不斷的滲透到他的血管之中，好不容易從鬼門關爬回的沈達，這些日子以來僅能這樣過活。

「叩叩。」

響亮的敲門聲，勾起沈達的疑惑與一點期待……會不會是女兒來探望他了？眼神殷盼的看向門扉，打開的瞬間，他卻徹底一怔。

「許久不見了，沈先生……看來你似乎過得不怎麼好。」

推門而入的是名男人，他臉色蒼白，薄薄的雙唇透點青紫色，深邃的眼窩是讓人過目不忘、令人顫慄的森然妖豔。

「神、神父……！」

沈達看著對方掛在胸前的十字架，他狠狠的倒抽一口氣，而站在神父身後的修女，則對他微微一笑。

「沈先生，你還記得我們的約定嗎？」

披著一頭黑色長髮的神父，修長的手指輕輕拂過沈達的床沿，嘴角微挑。

「啊，神父，你聽我說！我不是故意要破壞規定的！我警告過我女兒了！我……！」

「噓，你什麼都不必說。」

有著一張充滿陰鬱氣息的俊美臉蛋，神父將食指輕輕的抵在沈達脣上。

「你應該知道，造成今日這一切的人，是你。」

神父又從容的繼續道：「我們的規則是……不准餵食葉片以外的東西給那隻蜘蛛，對吧？你明知道餵食的結果，除了會使那隻蜘蛛對肉類的食欲大增外……還得負起懲罰的責任。所以，你應該有收到我送過去的包裹吧？」

「嗚嗚！」

明明只是被一根手指抵在脣前，卻像一隻手用力的摀住他的嘴，使得沈達完全開不了口，僅能發出激動的嗚咽聲。

「卑以亞，將契約書拿來。」

「是。」

名為卑以亞的修女拿出了一張紙，上頭除了簽有沈達的名字外，還有一隻被大頭針釘住的鳳蝶。

「沈先生，我們當初訂定契約的條件是……你希望我替令嬡的寵物，那隻已死的蜘蛛復活。我如實的讓這個願望成真了……而你，卻違背了我制定的規則。」

神父的眼簾低垂，森然的目光冷冷的落在沈達臉上。沈達惶恐的神色，清清楚楚的映在他紫羅蘭色的瞳孔中。

「所以，你應該很清楚……我來拜訪你的目的是什麼吧？當初我們可是說好了，假使你違反規則的下場便是……」

欲言又止，神父微微的笑開了。

他彈指一聲，背後的修女走向前，取下契約書上的鳳蝶標本。

「永別了，沈達先生。」

低沉的話音一落，修女立即拿起大頭針、狠狠的將鳳蝶標本釘在沈達的眼珠子上。

霎時白色的汁液噴濺而出，沈達全身一陣抽搐，緊接著，一道白光從他的身體內射出、猛然撞進神父的胸膛後……

躺在床上的這個人，便再也沒有任何動靜。

修女將刺進沈達眼珠子上的大頭針取下，原先不過是個標本的鳳蝶，此時卻開始翩翩起舞……

猶如跳著幽魅的舞蹈，飛到神父伸出的食指上。

「自以為是父愛的虛偽靈魂啊……我收下了。」

帶著神秘的笑，轉眼之間，兩道身影頓時消失在寂靜的病房中。

《勾魂筆記本01暮光下的黑寡婦》完

番外

在這之前……

夜色將至，座落於城市一角的一座辦公大樓內，有一間招牌燈光還未熄滅的公司行號，名叫「蚩壬出版社」。在這間出版社內，即使已經是下班時間，仍有人還坐在辦公桌前埋頭苦幹……

「阿晴，妳還不下班啊？」已將包包收好的女同事，回頭問向坐在電腦前的阿晴。

「快了，我還有份稿子還沒校，妳先回去吧。」雙眼全身貫注在電腦螢幕上的阿晴，搖了搖頭。

「喔，那妳離開公司前，記得要將門窗關好喔！最近，這一帶小偷特別多呢。」

女同事甩了甩烏溜溜的馬尾，踩著高跟鞋的背影逐漸消失在阿晴眼中，整座偌大的辦公室僅剩她一人。

寂靜的空間內只有乏味的敲字聲、滑鼠點擊聲，以及掛在牆上滴答滴答打著節拍的鐘擺聲，除了阿晴的位子有些許光源，其餘都籠罩在無垠的黑暗之中，頂多只有逃生口的指示燈微微閃爍。

「呼……這個作者的錯別字還真多，到底有沒有修稿的習慣啊？」

阿晴一手托著臉頰，一手抓著滑鼠不放，喃喃抱怨像是在講給空氣聽，直到將手頭上的工作完成後，準備回家前的她才稍微整理門面，拿起化妝鏡端看自己的臉。

光線昏暗，根本無法看個清楚，懶得再開燈的阿晴拿出手機，利用夜間拍攝的光線打在臉上，一手拿著鏡子仔細查看。透過鏡子，她看見自己青筍筍的臉孔，充血的眼白，以及一閃而過的黑影。

……黑影？

阿晴狠狠的倒抽一口氣。因為她很清楚，公司目前就剩她而已，所以除了她以外的身影……根本不應該存在。

「幻覺啦幻覺，一定是幻覺……」

阿晴嚥下一口口水，像是在給自己打強心劑，她如此告訴自己。

邊穿上薄外套，她拎起新買的 LV 包包，要來做她離開公司前的最後一件事——巡邏門窗是否關好。

拽著充滿民族風色彩的長裙，她走向一扇又一扇的窗。

「咚咚咚。」

要將最後一扇窗關起前，阿晴赫然聽見類似敲擊的聲響，她愣愣的回過頭，有些惶惶的看著黑漆漆的辦公室……卻什麼也沒看見。

在她的視線範圍內，只有平時熟悉的工作環境。

幻聽，一定是幻聽！修稿到最後也能出現幻聽啊……啊哈哈哈！可以去PTT上的笨板分享了。

阿晴自嘲著，邊想著明天要怎麼整死錯別字大王，要不是那傢伙，現在她也不會出現幻覺兼幻聽，以為她這是摸蛤仔兼洗褲嗎？

確定窗戶都上鎖後，阿晴終於能夠離開這讓她待了三年，坐在編輯椅上三年，屁股大了三吋的出版社。

腳步有些匆忙的來到門口，低著頭的她正要開門離去，透明的大門忽然「碰」的一聲被一道黑影撞上，嚇得她花容失色放聲尖叫。她慌慌張張要從皮包裡拿出防狼噴霧器，卻因雙手顫抖得太厲害，防狼噴霧器一個沒拿穩就掉落在地上。

「咚咚咚！」

敲擊聲變得更響亮，也更急促了。阿晴這下只能死命的拉緊門把，心想絕不能讓外頭的黑影破門而入，她的淚水急得快從眼眶奪出，不知所措的她腦袋裡一片空白。

就在這時，她忽然聽見一道似曾相識的聲音。

「阿晴，是我……柳阿一呀！」

咦？阿晴愣一下，原先緊閉的雙眼頓時睜開。

柳、阿、一？

轟隆！

瞬間，彷彿有什麼小宇宙在阿晴的體內爆發，轉為強大能量讓阿晴一把將大門拉開，二話不說拿起LV包包就往門前的身影打去。

「死沒良心！死沒良心！死沒良心的負心漢你就算是死也要纏著我嗎！拎祖媽要把你揍得連黑白無常都認不得你！」

「嗚啊！阿、阿晴妳別打啦！再打下去我真的要死啦啦啦……」

當這句話從柳阿一的口中脫出，巾幗不讓鬚眉的阿晴頓了一下，眨著眼、愣愣看著被她打得半死的人影。

「你……失蹤了一年還沒死？」

社。

△▽　△▽　△▽　△▽　△▽

蚩壬出版社，旗下作者解讀為「吃人出版社」，傳說中進得去、出不來的可怕出版社。據說這裡有比閻王還可怕的老闆，編輯各個是鬼使神差，作者統統都是枉死城的居民，日日夜夜的哀號在死線前奮戰。

因此，創社十八年來從未有任何一位作者拖稿的紀錄……

直到去年為止。

一年前，該社驚悚小說類別的作者——柳阿一突然音訊全無、離奇失蹤一整年。

一年後的今天，柳阿一正躺在沙發上，頭頂敷著冰包，讓身旁的方世傑為他上藥。

「嘶……阿大你能不能溫柔點？就算我是鐵漢也有脆弱的時候。」

柳阿一皺著眉頭，拿起鏡子痛心疾首的看著自己的臉蛋……都是阿晴那個蠻力女！轉眼就把他媲美成宮寬貴的臉蛋打得鼻青臉腫，把他好比車勝元的鐵漢身材揍得體無完膚。

難怪有人說，千惹萬惹就是惹不得前女友，交往前怎沒弄清楚她是有練過的，搞不好會查出她是什麼少林寺出走的女弟子。

「少囉嗦，你活著就算是命大了。她還算有良心，把你這負心漢打成這樣，已經是手下留情了。」

被柳阿一稱為「阿大」的方世傑，狠狠的瞪了柳阿一一眼，他拿起沾了紅藥水的棉花球，朝柳阿一的傷口用力一頂。

「痛痛痛……！」

「哼，還知道痛啊？半夜吵醒我的帳都還沒算呢。」方世傑將剪刀直直的拿起，警告意味十足的亮在柳阿一眼前，「喀擦」應聲剪斷繃帶。

「阿、阿大冷冷靜點，都幾歲了沒必要為這點小事動怒吧？」柳阿一倒抽一口氣，躺在沙發上的身體立刻往內縮好幾公分。

「哼，小事？你剛失蹤的那陣子，害我吃了多少苦知不知道？不只得為開天窗的稿子去印刷廠下跪，還得被你那群紅粉知己拿著菜刀逼問你的下落！」

激動的方世傑氣到將手中的藥水瓶握緊，咬牙切齒的接續道：「我每天都祈求新聞頭條上能看到你，報導著哪處的浮屍身分揭曉名叫柳阿一……謝天謝地，如此一來我就能解脫了。誰知你又莫名其妙的冒了出來，要不是我剛好經過拖走你，你當時沒被打到送急診我輸你！」

劈里啪啦的把所有怨氣一次吐出，方世傑氣得臉紅脖子粗，被抱怨的當事人柳阿一，一時間啞口無言。

「我問你，你這一年來究竟是死哪去了？」

方世傑挑了挑眉毛，同時非常含恨且認真的想著——

為什麼他偏偏會是柳阿一的責編！

柳阿一是個做人失敗兼命中帶煞的衰鬼，家人早死、親戚落跑、朋友又恨他拐走一票女人，僅剩他與柳阿一這份上下屬關係勉強維持，害得他像是柳阿一的監護人，要找柳阿一的統統來找他。

搞不好，這傢伙根本是去吃香喝辣躲稿債，就是看準爛攤子會有人收！

「咳，關於這點……」已經坐起身的柳阿一，面有難色的撓了撓後腦勺。

「遲疑什麼？別跟我說你不知道。」方世傑雙手環胸，睨著眼瞪著柳阿一。

「賓果。」柳阿一率性的彈指一聲。

「哈啊？」目瞪口呆的方世傑差點沒暈過去。

賓果個頭啊！

哪有人失蹤一年都不知道幹啥的！

「說！你是不是去拉斯維加斯賭博嫖女人？還是給我去什麼裸體雜交派對營？你這一年來到底是去做什麼給我說清楚！」

「咳、咳咳……事、事情真不是你想的那樣，我、我真的想不起來自己這一年來做了什麼啊！」被方世傑抓住肩膀猛搖的柳阿一，只差沒把腦漿晃了出來。

不過，原來他在阿大的眼裡是這種人啊……

「你想不起來？怎麼可能！」方世傑抽回雙手，一手拄在下顎，半信半疑的看著柳阿一。

「我只知道，當我有意識的時候就躺在蚩壬出版社門前，見到公司裡面有人，就敲門要對方發現我……阿大，其他我真的什麼都記不得了。」柳阿一抬手摸著肩膀，一臉疼惜的揉了揉痛處。

「那就只有一種可能，你的腦袋被前女友打到腦震盪，所以才會有暫時性的失憶症，看完醫生你就會想起來了。」看柳阿一的態度相當誠懇認真，方世傑也就勉強相信他真的想不起來。

「嗯，可是我比較傾向相信，我像神隱少女一樣到了另一個世界，回來之後全都忘光了……痛！你幹嘛打我啊？」

「我這是代替所有宮崎駿大師的粉絲揍你一拳。」方世傑冷冷的哼了一聲，「總而言之，你明天就給我到警察局報案，或許會有線索也說不定。再來，你給我去醫院一趟，檢查有沒有腦震盪。」

向來務實的方世傑給柳阿一開了幾條明路，他從不相信怪力亂神、光怪陸離的情節會發生在現實生活中。

方世傑一把話說完，柳阿一便瞇起眼來，微微一笑。

「你笑什麼？」

「呵，沒什麼，只是覺得阿大比想像中的關心我。」

「你信不信我現在把你扔出去？」方世傑沒好氣的白了對方一眼。

「……對不起我錯了我什麼都沒說。」柳阿一立刻敗陣下來，對方世傑五體投地。

「我很累，沒空跟你繼續耗下去，我明天還要校其他稿子，我要去睡了！」沒好氣的方世傑起身就要走回寢室。

「等、等等，那我今晚要睡哪？你真要我這個半傷殘的可憐人睡沙發嗎？」

「不然呢？你想睡陽臺我也不反對，最好讓我看到你明天已經摔到樓下去。」

「可是客廳不是有一張小床嗎？雖然是有點小，但總比沙發好……」柳阿一將主意打到客廳角落的小床上，雖然不及沙發大，不過看起來比硬皮的沙發好睡多了。

「少囉嗦，那是我準備給卓別林的愛床。你絕望吧！」

「卓、卓別林？」

「我家的貓，有意見嗎？」

方世傑的一句話，立刻讓柳阿一再次體會到什麼叫人不如貓。而從明天起，他也將重新展開趕稿還債的地獄生活。但這時的柳阿一還不知道，此後自己的人生將與一本名為「勾魂冊」的冊子有所關聯……

番外《在這之前……》完

後記

這裡是帝柳，日安。

很高興和大家見面，這套《勾魂筆記本》可說是和我過去的創作截然不同，能以這部作品和你們認識，這種感覺對我來說真是種挑戰也很躍躍欲試。也許有讀者曾看過我以前其他類型的作品，以往主要是從事浪漫奇幻方向的寫作，所以一定也有看習慣以前帝柳作品的朋友，突然很訝異（？）《勾魂筆記本》的出現吧！

靈異、獵奇，和詼諧略帶惡搞的輕小說，就是我當初在構思這套作品的核心定義哦！一直很想寫寫看這樣的作品，並且很高興能夠出版成書，在此感謝不思議的編輯們讓這套書問世呢。

後記要來揭露一下《勾魂筆記本》的誕生秘辛。

其實《勾魂筆記本》的原型，最早最早得追溯到我還是國中三年級的時候——是的，客官您沒看錯我也沒打錯，這部小說最早的雛形就是在那還很青澀、至今回想起來是遙遠到自己都會害羞的年紀。

遙想當年年紀小……啊不是，是當時國三的我深陷學測的魔鬼衝刺班（就是那種學測前會有一批想要努力奮鬥進去補習班整日唸書的地方），壓力之大反倒開始胡思亂想，腦袋裡裝不下國文數學英文，偏偏跑出《勾魂筆記本》的一些人物和劇情……（難怪當時還是考不好）

最初是命名為「黑蝶」，走的套路是短篇集結成一個相關系列的小說，沒有柳阿一這群人，走的是正經且陰暗的風格，每一個章節就是一個短篇完結的驚悚靈異故事，沈莉的故事就是當時其中的一個小篇章，貫穿每一個篇章的主要角色是神父和另一名驅魔人。

（這算不算劇透呢？）

那時候我就在想，好希望哪天能看到自己的這部小說被實體書化，最想看到書中提到的人物好比神父，好比沈莉，能夠被繪師畫出來，心想一定會很棒！

想不到事隔多年這個願望居然成真了。（一下子後記都變成勵志故事了XD）因此非常感謝出版社和現在拿著這本書的妳／你，因為有你們，帝柳少女時代的夢想得以成真。

最後，請大家繼續支持這部作品下去哦！主角柳阿一雖然有時煩得讓大家想揍他，但越看到後頭，越會覺得其實他也有不為人知的一面。當然，其他角色如阿大、殷宇甚至神秘的神父等等，也都會隨著故事的展開而一一揭露他們的過去或秘密。

若還有其他問題、欲發表感想或想搭訕帝柳，歡迎來加帝柳噗浪粉絲，噗浪也會隨時公告最新出版消息和各種不定期小福利（？），以下是帝柳的噗浪網址：

http://www.plurk.com/hedy690

我們下次見！

帝柳　二〇一三年十一月

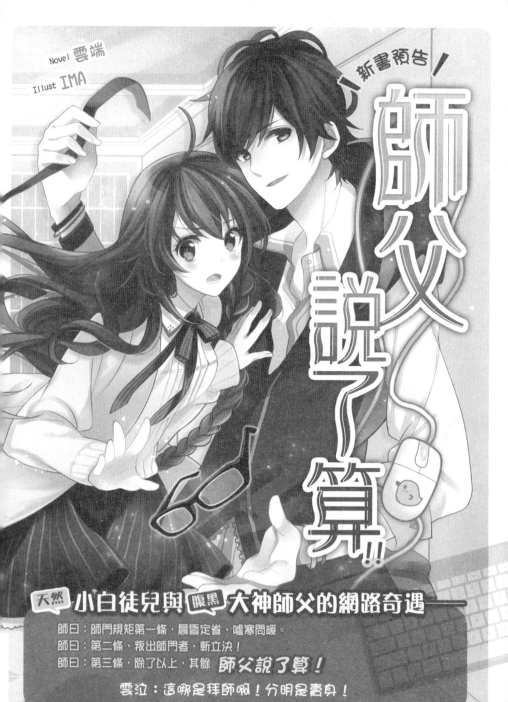